鳴響雪松2 Звенящие кедры России

俄羅斯的鳴響雪松

目次

1　她是人還是外星人？

繼續阿納絲塔夏的故事之前，我想先謝謝各位宗教領袖、科學家、記者和一般讀者，謝謝他們對我第一本書內容所做的發言、評論和信件。給阿納絲塔夏的定義多得五花八門，媒體記者稱她「泰加林掌門人」、「西伯利亞女巫士」、「先知」、「神的化身」、「外星人」。有個莫斯科記者還問我：「你現在愛阿納絲塔夏嗎？」而我的回答是：「我不清楚自己的感覺。」從此外界便流傳我的一些閒話，說我精神信仰薄弱，所以無法理解阿納絲塔夏。但是，如果一個人連他要愛的對象是誰都搞不清楚，你要他怎麼去愛？截至目前為止，還沒有哪個定義適用於阿納絲塔夏，而我從她自己說的：「我是人，一個女人。」這句話出發，想盡辦法替她不尋常的能力找出合理的解釋。一開始挺順利的。

誰是阿納絲塔夏？

一個在泰加林深處出生、過著隱居生活，父母雙亡後由同樣隱居的祖父及曾祖父帶大的年輕女子。

野生動物對她效忠稀奇嗎？一點都不稀奇。不同動物在同一農人的農場也可以和平共處，並敬重牠們的主人。解釋她的遙視能力如何運作就難得多，什麼樣的機制讓她不僅能看透所有事件的細節（包括好幾千年前發生的），也輕易掌握我們當下生活的現況。她的光線如何從遠處療癒他人、如何穿透遙遠的過去並凝視未來？

莫斯科航空學院客座哲學教授席林（K. I. Shilin），在他研究阿納絲塔夏的論文中寫道：

阿納絲塔夏所擁有之創造力屬於人類全體，並非神或自然賦予她個人的禮物。我們全體、每一人，皆與宇宙相連。

如何化解可能形成的災難，關鍵在於文化起始時的和諧共生。以祥和純真的童年做為文化發展的基石，便可產出「陰性」文化，而將這種文化內涵傳達得最淋漓盡致的，就屬佛家，以及我們的阿納絲塔夏。基於此，我歸納出下列關係式：

阿納絲塔夏＝度母＝佛陀＝彌勒菩薩

阿納絲塔夏乃一名近似神的完美人類。

是不是這樣，輪不到我來評斷。我只是不懂為什麼她沒有跟其他近似神的開悟者一樣寫出一套教義，反而把她二十年帶著覺知的光陰歲月，全花在夏屋小農身上。

不過她不是瘋子。讀了科學家的觀點以後，我可以下這樣的結論。最起碼，她所說的都有科學家提出假設，並在專門領域進行實驗。

像是這個例子。我問她：「阿納絲塔夏，為什麼幾千年前的事蹟、古代聖人的思想，妳都有辦法知道得那麼清楚？」她回答：「最早的思想、最早的言語，來自造物者。造物者的思想直到今天依然存在，無形地圍繞我們，佈滿整個宇宙，映射在祂為了最主要的造物——人——而創的有形生命世界。

「人是神的孩子，如同全天下的父母，神希望祂的孩子能擁有的比自己更多。祂給了他全部，甚至不止——祂給予他選擇的自由，賦予他思想的力量，使他能夠透過思想來創造世界、完善世界。

「任何人的思想，一旦產生了，就不可能消失。產生的思想如果是光明的，就會填滿光的次元、支持著光明的力量；如果是黑暗的，則會投入相反的另一邊。不論誰都能運用他人或造物者曾產生過的思想，即使今天也不例外。」

「那怎麼沒有每一個人都這樣做？」

「有，只是做到的程度不同。要運用這些思想，就必須思考，但是因為生活忙碌，不是每個人都會做這種思考。」

「妳是說只要去想就好了，只要去想，就什麼都行得通了？甚至也能因此得知造物者的思想？」

「要得知造物者的思想，你必須達到祂的思想純潔度和思考的速度。要得知開悟者的思想，你必須具備他們的思想純潔度和思考的速度。

「一個人的思想若是不夠純淨，便無法與光明力量的次元——光明思想存在的空間——通訊，他反而會從黑暗那一方汲取思想，結果使自己和他人受苦。」

我不確定阿基莫夫院士——俄羅斯自然科學院國際理論暨應用物理所所長——所解說的觀點，跟她這番言論有無直接或間接的關聯，不過他在《奇蹟與探險》雜誌裡的文章〈物理學承認至高意識的存在〉中提到：

長久以來，一直存在兩種認識自然的途徑。一個以西方科學為代表，亦即西方人的方法論：依靠證據、實驗等方法來取得知識；

另一個是東方的——進入冥想狀態，透過深奧玄妙的方式接收外部知識。而深奧玄妙的知識無法取得，只能領受。

於是這種深奧玄妙的途徑自某一時期開始，逐漸為世人所遺忘，另一種極為複雜而緩慢的途徑相對崛起。過去一千年來，我們一直在遵循這條複雜而緩慢的途徑，逐步抵達東方早在三千年前便已知悉的知識。

有人說，充滿整個宇宙的物質是個相互連結的結構，我直覺相信這是對的。史坦尼斯勞夫．萊姆（Stanislaw Lem）在《科技之總和》（Summa Technologiae, 1964）〈宇宙是一部超級電腦〉一節中，模擬了一具龐大的宇宙大腦，你可以將它想成一台電腦，想像這台電腦提供了一座可供觀測的宇宙（容積半徑約一百五十億公里），其中充滿著十到三十三立方公尺的分子。

這樣的大腦填滿整個宇宙，想當然存在各種我們無法想像、作夢也夢不到的可能性。

不過這顆大腦在現實中是以撓場、而非以電腦的方式運作，若將這點也考慮進去，那麼顯然「不論謝林的絕對體，或吠陀經所言的空性，其具體呈現，皆為一部電腦。世上除了這部電腦以外的事物並不存在。你能言及的任何事物，都不過是絕對體不同形式的呈現。」

至於能在遠距離外產生作用的光線，俄羅斯醫學院的現任院士卡茲那雪夫在《奇蹟與探險》於一九九六年五月三日發表的〈活躍的光與場〉專題中寫道：

維爾納茨基大概是對的，他提出一個問題：思想與意念如何影響地球進化到下一個階段？如何影響？這問題，恐怕不是單單透過勞動、引爆或任何科技活動就回答得了。

事實顯示人，也就是操作者能自遠端影響電子儀器的各種表現，就像有人碰了操作面板使儀器指數上升，而此人卻在非常遙遠的距離外。

我們早在新西伯利亞與諾里爾斯克、迪克森、辛菲洛普進行遠端通訊，這項工作也與秋明州三角研究區、佛羅里達州的美國控制中心同步。真人、儀器、控制器之間的遙控已經過證實，具有絕對的可信度與準確度。

至此我們面臨一個不明的現象：活躍物質之間的遠端通訊。

只可惜這些科學家的文章有很多我看不懂的術語，還引用了許多其他學者的實驗。光是全部看完就很難了，何況是加以理解。

但至少我清楚一件事：科學家知道，人是有可能和遠距離以外的人或物體產生聯繫，並且遙控機器的。還有，科學家也知道有宇宙資料庫，阿納絲塔夏使用的大概就是這個，她叫它「光明力量的次元」或「所有人產生過的思想存在空間」。

近代科學也提到它，稱它為超級電腦。

接下來要思考的是，為什麼像我這樣一個從沒寫過、沒學過文學創作的人，會有文筆寫出一本激勵人心的書。

我還在泰加林時，阿納絲塔夏就已經說過：「我會把你變成一個作家。你會寫一本書，很多人會讀到這本書，這本書會對讀者產生良好的影響。」

現在這本書真的寫成了。我們可以假設，寫的人是她，不是我。但這麼一來，我們得解釋，她怎麼有辦法影響別人的文筆。然而到目前為止，沒有人能解釋這個部分。

當然我們也可以讓事情變得簡單一點，換個假設。假設我是有那麼一點天份，把從她那裡得來的有趣資訊，轉換成文字。這樣想，好像就可以解開謎團了。

已經沒必要再請教專家了。相關的科學、宗教類文章，再讀下去也沒什麼用了。阿納絲塔夏本身是一個新的現象，無論是幫過我的人，還是我自己，都無法將它所有的疑點解釋得一清二楚。

你們大概還記得我上一本書裡，她兩年前說過的話：「會有藝術家畫我的肖像，詩人會寫詩，有人會拍我的電影。你會看著這一切，想到我……」

我問阿納絲塔夏的祖父：「所以，她可以預言未來？」他回答我：「弗拉狄米爾，阿納絲塔夏不是在預言未來。她是模擬未來，並且讓它成真。」

話語，只不過是話語。我們都說了不少話，但我根本不覺得那有什麼重要，只當它是些隱喻，因為我怎樣也想不到阿納絲塔夏講的話有可能在現實生活中一一實現。但事情就是這麼不可思議！

阿納絲塔夏說過的話開始成真。

首先是如雪花般飛來的詩，我把其中一些放在第一本書的最後面。接著，各個城市還陸續成立了「阿納絲塔夏之屋」。第一個「阿納絲塔夏之屋」在格連吉克，莫斯科藝術家亞歷珊德拉・瓦西里葉芙娜・沙恩科（Aleksandra Vasilievna Saenko）獻給阿納絲塔夏和大自然的畫就在那裡展出。

我走進這棟房子，看著滿是巨幅畫作的牆面，整個空間彷彿開始變化。

阿納絲塔夏出現在好幾幅畫裡，用她和善的雙眼注視著我。而畫中的主題……有些甚至是還沒出版的第二集內容。還有個光球不時出現在阿納絲塔夏身邊。

後來我得知這位藝術家不是用畫筆，而是用手指頭作畫。大部份的畫都賣出去了，不過還是留在這展覽，因為一直有人來看這些畫。

藝術家送了我一幅畫，上面畫的是阿納絲塔夏的父母。我無法停止注視她母親的臉。

很多工作室提議要拍阿納絲塔夏的電影，這我已經不意外了。

親手摸著這些畫、寫著詩的信件，聽著歌曲，看著電影鏡頭的畫面，我很想知道到底是怎麼一回事。

莫斯科研究中心研究了阿納絲塔夏的各種現象，他們的結論是：

人類史上沒有哪個著名的偉大靈性導師，及其宗教教義或哲學、科學思想研究，能以阿納絲塔夏的速度激發人內在的潛能。

其宣導的教理，需要數世紀、數千年的光陰，才能在現實生活中落實。但是不過數日、短短的幾個月，阿納絲塔夏的影響力遠超越各種道德、宗教的教誨與信條。她以一種未知的方式，直接喚起人心中的感情，任何與她在精神上有所連結的人，心中皆高漲著實際創造的渴望。這一切清楚地呈現在他們的藝術創作中，他們的作品滿是追求光明與美好的心靈悸動。

這位居住在西伯利亞泰加林深處的隱者，為何又彷彿在我們的生活中隨處可見？她如何能假借他人之手創造出實體的作品？那全都是關於光明、美好、俄羅斯、大自然與愛的作品。

「她會讓愛的美麗詩句充滿整個世界，就像一場春雨，洗去地球沉積已久的污泥。」阿納絲塔夏的祖父說。

「她要怎麼辦到？」我問。

「用心中的熱情和夢想的力量，散發源源不絕的靈感與光。」他回答。

「她的夢想有什麼不為人知的力量？」

「身為人與創造者的力量。」

「是人就應該要讓自己的創造得到回饋，獲得報酬、榮譽和地位，她為何就這樣送給別人？」

「她是自足的。她得到的滿足感，或僅只一個人真摯的愛，對她來說，就是最好的酬勞。」

這樣的回答仍無法使我徹底理解。我要知道阿納絲塔夏到底是什麼樣的人，才能確定自己跟她的關係。我繼續聽別人怎麼說她，同時大量閱讀與宗教信仰有關的書。我這輩子閱讀的量就算加起來也沒有這一年半多，不過我得到了什麼？我只能替自己下一個無庸置疑的結論：「許多自認符合歷史真相、虔誠、博學的書裡，恐怕都含有不實內容。」格里高利・拉斯普京的情況讓我逐漸產生這番結論。

上一本阿納絲塔夏的書裡，我節錄了皮庫爾的歷史小說《最後界線》中某個段落。

小說裡寫到格里高利．拉斯普京，一個半文盲的農民，於一九〇七年自遙遠的西伯利亞某個生長雪松的小村進到沙俄帝都，以精準的預言在皇室間聲名大噪，得以親近皇室成員，並和無數女貴族有過關係。合謀刺殺他的眾人目睹他喝下摻了氰化鉀的杯中物後，竟還能站起身來走入庭院。後來尤蘇波夫親王抵著他開上幾槍。身上多了許多彈孔的拉斯普京卻仍未死去。眾人把重傷的他抬到橋上，丟入河裡，再將屍首打撈上岸焚毀。

神秘莫測的拉斯普京——其精力旺盛眾所周知——正是在雪松地區長大的。同時代記者對他旺盛的精力描述如下：「從中午就開始狂歡、酗酒、縱慾到天明，難以想像這是年居五十之人！不止如此，凌晨四點，您能看見他大方跨進教堂、維持四小時的站姿晨禱。八點一到，回家喝個午茶，轉眼間就兩點了，這時格里什卡卻好像什麼事也沒發生過地照樣接待訪客，接下來再帶幾個女人到澡堂洗洗香浴，浴畢旋即驅車前往市郊外的飯店，重複昨晚相同的縱慾行徑。此般作息絕非常人可及。」

這段描述讓我跟大多數人一樣，都在腦海留下拉斯普京不可磨滅的淫亂形象。但是命運卻丟給我不同的訊息，彷彿要我重新思考。

關於拉斯普京，教宗若望是這樣寫的：「從來不曾被人尋獲的聖僧身體，如今從河裡完好如初地浮現。他的秘密後代，將祈禱著進入方舟。」

怎麼回事？有人說他淫亂，也有人稱他聖僧。哪個是真、哪個是假？

後來我還偶然得到拉斯普京在朝聖旅途中的手記（一名逃出蘇聯的難民羅巴切夫斯基把他的手記帶到巴黎去了）。內容：

大海輕柔地撫慰著。清晨醒來，聽見海浪在「說話」、拍打、嬉戲。海面映著晨曦，彷彿太陽正在海裡，準備安靜緩慢地升起。此刻，一個男人從靈魂深處注視著太陽四射的光芒，將全人類給遺忘。他內在的喜悅被點燃，領悟著生命之書，體驗著更高智慧——這是一種全然無法描述的美！

大海輕柔地將人從世俗空泛的夢中喚醒，隨之在人的心中湧現種種思潮。

海洋是如此寬廣，而思緒更是無邊。人的內在智慧如海洋般無窮無盡，沒有一門哲學能夠容納。當太陽西沉，沒入海洋，天際再度綻放著無與倫比之美。

誰能估量這絢麗之光？那它為靈魂帶來溫暖與慰藉，療癒著人心。隨著每分每秒的流逝，人的心，也因逐漸消逝在山頭後方的奇異暮色，淡淡地起了憂愁……黑幕降臨。

啊，多麼寧靜啊……鳥叫聲也消失了。這個男人頓時陷入濃濃思緒，開始在甲板上來回踱步，他無法克制自己回憶起童年，回想起一生的愁苦，他比對著此刻的寧靜與人世間的紛擾，輕輕地喃喃自語，多麼希望有人在一旁作伴，一同驅散敵人加諸於他的沈重寂寥……

你這個西伯利亞人，俄國人格里高利．拉斯普京，到底是何方神聖？他們寫你的哪些是真，哪些是假？我該怎麼分辨？有什麼依據能認識一個人的生命本質和志向？有什麼偉大的作品能幫助我看清真假？怎樣算是有虔誠的信仰，怎樣才能稱為全知？也許每個人該試著用自己的心來衡量？我從沒寫過詩，但是格里高利．拉斯普京，我想把我的第一首詩獻給你。大家讀完《阿納絲塔夏》都寫出真心真意的詩，我也來試試。押韻押得不好還請多包涵。

向格里高利．拉斯普京致敬

半文盲？半文盲。
雪松林出身又何妨？
打赤腳？打赤腳。走在俄國西伯利亞，
鞋子不知得磨破幾雙。

我要見沙皇，要幫助沙皇父親
再撐一會兒。
我要見俄國，要給俄國母親
飲下雪松林的日月精華！

什麼？輕騎兵？無法無天一幫人，
自詡多情又威風？
看著我，讓你們瞧瞧
什麼才是真本事！呸，聰明人！

彼得之城披上巴黎衣裳，
可別讓束腹勒緊胸膛！
名媛視線直顫抖，
只因忽見西伯利亞人。

而當他前往晨禱
為他人之罪求饒，
卻聽見她的嘀咕，
她獨自懇求：快走吧。

神智不清又恣意咆哮，
野蠻世代終將吞噬軀體。
你的靈魂發出熊熊烈火，
卻無力可回天。快走吧。

獸性無法永世束縛，
蒼生只能一時救贖。
我是俄羅斯！我怎能懊悔？
可惜你不能再歌唱。

回到你的雪松林吧，我必會浴火重生！
到時便由你隨心所欲……

唉！但願能一上澡堂！
與妳同在！
我將拿白樺樹枝，甚或雪松針葉
抽打妳的自甘墮落，
我要留下，俄羅斯，與妳同在！

時間狂妄地低聲咒罵，
而格里高利胸中數彈。
黑暗勢力對他切齒咬牙：
西伯利亞人，快給我滾蛋！

你對我的阻遏
僅能再撐半刻，
而你必會遭受陰譴，
就連大地也從所未見。

現世英雄卻要淪為淫穢之徒。
在鴆酒瓶上印有你的面目。
如今為你拯救的子子孫孫，
將唾棄你的粗人靈魂。

快滾開。我已權傾天下！
就如你所願送你登天！
你時日不多了，還不明瞭嗎？
讓回即將屬於我的時間！

噢，帶幾瓶馬德拉酒往澡堂去！
我將對你無所隱瞞。
你說我是西伯利亞人，我可是農家子弟。
渾蛋，究竟為何如此糾纏？

子彈射穿又扔入河中，
更在郊外折磨焚屍。
他的灰燼現隨著春風
灑落在整個俄羅斯。

「粗人！」黑暗勢力切齒地說，
死無葬身之地了吧？那雙眼睛又何去了？
你的生命歲月將永遠逝去。
後代只能看著你的圖像。

讓他們知道！是我將權力賦予你！
讓他們知道你欠我的債，
還是你想要一哭了之？

格里高利吐出鉛彈：
「噢，撒旦真是愚昧。
一會欠債，一會流淚。
農家子弟們，不如就上澡堂。
早該淋水洗澡吧？！」

格里高利・拉斯普京從雪松林來到革命前夕的俄羅斯，為了阻擋革命風暴，卻遇害了。

阿納絲塔夏也住在雪松林，也想為人做好事，阻擋些什麼，那我們的社會準備給她什麼命運？

2 賺錢機器

一開始的時候，阿納絲塔夏在我眼裡是個世界觀獨特的隱士。但是聽了讀了這麼多跟她有關的事物、她如此反覆地進入我們生活後，現在她成了一個非比尋常的人物。我的腦袋一片混亂，我努力撥開如潮水般的資訊和評論，試著把我當初最單純的印象拉回來，回答我常被問到的這個問題：「你怎麼不把阿納絲塔夏帶出森林？」我很想把她帶出森林，但我知道強迫是沒有用的，我得讓她知道待在我們社會的好處和正當性。我在思考她有哪些能力可以對她、對大家、對我的公司都有好處。我赫然發現：眼前這位美女阿納絲塔夏，是真正的賺錢機器。任何疾病她都能輕易醫好，甚至不需要診斷就可以直接把病痛移出體外。她用某種未知的方式清理人體，移除人體內的穢物，連身體也不用碰。我自己就經歷過。她全神貫注，和善的灰藍色雙眼眨也不眨地看著你，在她的注視下，你的身體似乎變暖了，接著你的腳開始大量出汗，各種毒素就跟著汗一起排出來。

許多人為了買藥和動手術花很多錢。一個醫生治不好，就換另一個，不然就是求助靈媒或生物療法。為了治一個病要花好幾個禮拜、好幾個月，甚至好幾年的時間，但是找阿納絲塔夏只要幾分鐘就好了。我算了一下，假如她花十五分鐘治療一個病人，一次只收十美金（很多治療師開的價比這高多了），一個小時下來也有四十美金的收入。這還不算什麼，有的手術甚至超過一萬美金……

我腦子裡似乎浮現了很好的商業計畫。我決定要確認幾個細節，於是問阿納絲塔夏：

「所以說，不管什麼疾病妳都有辦法移除？」

「嗯，」阿納絲塔夏回答，「我想，任何疾病都可以。」

「妳治一個人要花多少時間？」

「有時候很久。」

「很久，那是多久？」

「有一次超過十分鐘。」

「十分鐘沒什麼，一般人治病要好幾年。」

「十分鐘很長。你要考慮到這段時間我必須全神貫注，並暫停思想過程。」

「那有什麼關係，思考可以等一下，反正妳知道的已經夠多了。阿納絲塔夏，我想到一件事。」

「什麼事？」

「我要妳跟我走，我會幫妳在大城市租一間好的辦公室，幫妳打廣告，讓妳幫人治病。這樣妳可以為大眾做很多好事，我們也會有很好的收入。」

「可是我在這偶爾就會幫人治病了。當我為了幫助小農瞭解周圍的植物世界，模擬他們的各種狀態，我的光線也在驅除他們的疾病，只是我盡量不要全部……」

「這樣他們不知道是妳做的，不會給妳錢，連謝謝都不會跟妳說。妳做這工作什麼也得不到。」

「我有得到。」

「什麼？」

「我感到快樂。」

「那好吧。妳可以快樂、愜意，同時又讓公司賺錢。」

「要是有人沒錢治病怎麼辦？」

「妳管到這麼小的事幹嘛？這種事不用妳管，妳會有秘書和行政人員。妳要想的是治療、精進，參加研討會分享妳的經驗。妳自己知道妳工作的方法、妳的光線，是怎麼起作用的嗎？知道它背後的原理嗎？」

「知道。你們的世界也知道這個方法，醫生和專業學者都知道，或者可以感受到它的成效。他們在醫院都盡量對病患使用鼓勵的話語，提振病患的心情。醫生早已知道，人憂鬱，病就難治，用藥效果也不大；但對人關愛，病就好得快。」

「那怎麼沒有誰好好鑽研這個，發展到妳的程度？」

「很多學者在努力。你們所謂的民俗治療師也在用這方法，只是成效不大。耶穌基督和聖人也都是用這方法替人治病。聖經不斷談到愛，因為愛是種對人有正面影響的情緒。所有情緒之中，愛的力量最強大。」

「為什麼妳可以輕易做到那種程度，醫生和其他治療師卻只有一點點？」

「因為他們住在你們的世界，跟你們世界的其他人一樣，帶有有害情緒。」

「什麼有害的情緒，跟這有什麼關係？」

「弗拉狄米爾，生氣、懷恨、煩躁、羨慕、嫉妒……等都是有害的情緒，這類情緒使人變得虛弱。」

「意思是妳很少生氣嗎，阿納絲塔夏？」

「我從不生氣。」

「好吧，阿納絲塔夏。效果怎麼來的不是重點，重要的是最終的結果和從中得到的好處。說吧，妳答不答應跟我走，去幫人治療？」

「弗拉狄米爾，我的家、我的家園，都在這裡。只有在這裡，我才能實現我的生命目的。沒有什麼能比自己的家園——父母親創造的愛的空間——帶給人更多力量。我用光線就能遠距治療，幫人解除身體的病痛……」

「好吧，妳不想走，就做遠距治療吧。我們可以講好一個地方，讓想治療的人過來。他們付錢，妳在約定的時間治療他們。我們排一個時間表，這樣可以嗎？」

「弗拉狄米爾，我知道你想賺很多錢。你會有的，我會幫你，但不是用這種方式。在你們世界治病需要錢，沒有其他辦法，但我寧願不收錢。我也不能每個人都治，因為我還不瞭解哪些情況下治療是有益的、哪些是有害的。不過我會努力弄清楚，等我能分辨了……」

「亂講什麼？治病救人怎麼會有害？還是妳指的是對妳自己？」

「治好身體的病，常對那人有害。」

「阿納絲塔夏，妳的哲學把善惡都顛倒過來了。一直以來，醫生在社會裡的地位都是備受尊崇的，儘管他們要收錢。妳老是提聖經，聖經也沒反對治病。放下妳的疑慮吧，為人治病永遠都是一件好事！」

「弗拉狄米爾，你知道嗎，我曾經看過……祖父讓我看過一個沒有經過深思熟慮、沒讓病人參與其中，治療結果反而有害的例子……」

「你們的哲學還真是特別。我現在要妳跟我合夥做生意，妳跟我舉例子做什麼？」

3 痊癒卻成了地獄

「有一天，我從我的光線看到一位獨居的老婦人在園裡工作。她靈活、清瘦又總是充滿喜悅，馬上就引起我的興趣。她的菜園很小，長滿各式各樣的蔬果，每樣都長得很好，因為她是用愛心在照顧。我發現她會把收成全放進一個籃子，提去人多的地方賣。第一批收成的水果在你們那裡可以賣得較貴，所以她都盡量不自己吃而拿去賣。她需要錢資助兒子。她晚年得子，又失去丈夫，親戚跟她也沒有來往。她兒子小的時候畫過畫，她也夢想他能成為畫家。他多次到某處投考，最後終於考上了，每年回來探望一兩次年邁的母親。這些探望是她生命中最大的喜悅，每次她都會準備好錢和食物。她把自己種的蔬菜放進玻璃罐，全部做成罐頭給他。

「她非常愛他，夢想他成為真正的藝術家。她靠著這個夢想而活。老婦人和藹、充滿喜悅，後來我有一陣子沒有去注意她。等我再次看到她，她卻病得很重。她已經不太能在園子裡彎腰工作，每彎一次腰，就全身刺痛。不過她腦筋轉得很快，把菜畦做得細細長長。她把一張舊矮凳的腳拿掉，放在畦床之間坐著除草，這樣就能在整個園子裡移動。她用一根繩子拖著籃子，滿心歡喜地期待豐收。

「收成的確很好，植物都能感受到她，並回應她。老婦人知道自己將不久人世，為了替兒子減少麻煩，自己買了棺材、花圈，把所有後事都安排好。不過她還想做最後一次採收，好替兒子準備冬天的儲糧。當時我沒有特別去想，為什麼她跟園裡的植物關係那麼密切還會生重病，我猜大概是因為她幾乎沒吃自己園裡的作物，反而都拿去賣，用換來的錢買廉價的食品。

「我決定幫她。有天，等她上床睡覺以後，我用光線溫暖她的身體，驅逐她的病。我感覺到有什麼在抵抗我的光線，不過我仍繼續嘗試。我堅持了十幾分鐘，才終於達成目的，治好她的身體。

「後來，祖父來的時候，我告訴他老婦人的事，問他為什麼有東西在抵抗我的光線。他想了一下後，說我做了一件糟糕的事。我心都沉了。我問祖父為什麼，他沒有馬上回答，一陣沈默之後，他才說：『妳治好的是身體。』」

「那對老婦人的心靈會有什麼傷害嗎？」

阿納絲塔夏嘆了一口氣，說：

「老婦人不再生病，沒有死去。她兒子比往常提早來探望她，只待了兩天，還說自己已經放棄學業，不想當藝術家。他正在做其他有錢賺的工作，也已經結婚了，就要有穩定收入，要她別再替他做這些罐頭，因為現在運費變貴了。『妳自己吃好一點吧，母親。』他對她說。

「他什麼也沒拿就走了。老婦人早上坐在門廊，看著她的小菜園，兩眼無神、絕望，完全沒有求生的意志。你能想像嗎？健康的一具身體，裡頭卻沒有生命的氣息。我看到了——或者說，我感覺到了——她心中無止境的空虛和絕望。

「如果當初沒有治好她的身體，老婦人會平靜地如期死去，還會帶著美好的夢與希望。然而現在她活著，活著卻充滿絕望，那比身體的死亡還要可怕千萬倍。

「兩週後，她去世了。」

4 私人對話

「我才明白，身體的病，一點也比不上內心的痛，可是我那時還不會醫治人的心。我想知道怎麼做，還有到底能不能做到。現在我知道了，那是有可能的！

「我也明白了，人會產生生理疾病，不全是脫離自然的關係，也不全是帶有黑暗情緒的關係，疾病──它還可能是種警示的機制，甚至能免除更大的痛苦。疾病是至高智慧──神──與人溝通的一種方式、一種機制。人的痛苦就是祂的痛苦，但是不這樣的話，還有什麼方法能讓你聽見呢，講道理的話，你聽不進去──像是『別繼續把不該吃的東西吃進肚子。』──最後，就由痛苦來對你說話了。可是你還繼續吃止痛藥，冥頑不靈。」

「照妳這樣說，人不需要治療？就算他們身上有病痛，也不要幫他們？」

「應該幫忙，只是首先得確實瞭解疾病的根源，必須幫助他瞭解至高智慧──神──想對他說什麼。然而這是最困難的，你可能會判斷錯誤，畢竟病痛是熟悉彼此的兩方私人的對話，第三者的介入通常是幫了倒忙。」

「那妳為何把我的病趕出來？這表示妳害了我？」

「要是你不改變你的生活型態，不改變你對自己和身旁事物的態度，不改變你的一些習慣，你所有的病會回來，因為那是你生病的起因。我沒有傷害到你的心靈。」

我明白了，在阿納絲塔夏把這一切全弄清楚以前，我是不可能說服她用治病能力來賺錢的。我的商業計畫落空了。我的懊惱阿納絲塔夏可能感覺到了，她對我說：

「別沮喪，弗拉狄米爾，這一切我會盡快弄清楚。現在，如果你真的想幫助別人和你自己，而不只是為了賺錢，我會告訴你一些可以靠自己療癒許多病痛的方法，而不會像命運被他人介入那樣引起不良的後果。如果你想聽的話……」

「我還能怎麼辦？我又沒辦法說服妳。說吧。」

「人的身體會生病，有幾個主要原因：有害的情緒與感受、非天然的飲食習慣與食品成分、缺乏短期與長期目標、弄錯自己的生命本質與目的。

「人能靠正面的情緒與各種植物戰勝身體疾病，重新思考自己的本質與生命目的能同時造成身心的劇烈轉變……

「至於如何根據你們那裡的條件，重拾人與植物之間的連結，我向你說過了。若能親自跟植物接觸，其他部份，自然就容易明白。

「愛的光芒也能治癒很多旁人身上的病，甚至在他們身邊創造出愛的空間，延長他們的壽命。

「但是靠自己召喚出來的正面情緒，也能止痛、解除身體的病，甚至解毒。」

「『召喚』是什麼意思？如果牙齒或肚子在痛，怎麼有辦法去想好的事情？」

「生命中純潔鮮明的時刻，以及正面情緒，就像守護天使一樣，能戰勝疼痛和疾病。」

「要是有人一生中沒有純潔鮮明的時刻，足以讓他召喚出正面情緒怎麼辦？」

「那就必須立刻創造，使正面情緒出現。當周圍的人以真摯的愛對你，這些正面情緒就會出現。去創造出這樣的光景，對身旁的人採取行動，否則你的守護天使無法幫你……」

「我很好奇自己有沒有過這樣的時刻、這樣的時刻力量有多強，還有我要怎麼召喚？」

「可以藉由回憶，例如回想美好愉快的往事。用這樣的回憶重溫當時所經歷的美好。要現在試試看嗎？我幫你，你試試看。」

「好，試一下吧。」

「請躺在草地上，放輕鬆。你可以按照順序從最近的事件開始回憶，也可以從小時候開始，或是直接跳到最愉快的片段，感受伴隨其中的滋味。」

我躺在草地上，阿納絲塔夏在我的旁邊躺下，並把手指貼在我的手指上。我覺得她在旁邊會讓我無法專注在自己的回憶，所以我說：

「最好讓我自己一個人。」

「我不會出聲，等你開始回憶就會忘了我的存在，也不會感覺我的手在這裡。但我能幫你更快、更清晰地回憶起一切。」

5 守護天使，你在哪？

一生的回憶從童年開始，持續到我和村裡的孩子在沙堆上玩樂，從那一刻起就中斷了。

那時，我心裡開始感到不安，一生中居然沒有任何事喚起的情緒和感受，與我和阿納絲塔夏共度一晚後的早晨一樣正面，也沒有她之前讓我心跳速度對上大自然節奏時的感受（我在〈碰觸天堂〉一章中描述了這件事）。但我認為心中這些美好的感受，都只是阿納絲塔夏創造的，不是我的；那是人造的，是阿納絲塔夏賜予我的。我不由自主地將這些感受和人生的其他事情比較，卻找不到相似的經驗。我像電影膠捲般一次又一次、來來回回地在生命中翻找回憶，但所有事件都是我企圖在追求或得到什麼。獲得各種想要的東西卻毫不知足，反而不斷出現新的欲望。而且，一想到人生近幾年來，旁人都認為我遂心如意，又讓我感到更心慌了。買車、女人宴會、禮物問候都顯得空虛多餘。

我猛然起身，對著自己，也對阿納絲塔夏憤怒地說：

「人類的生命不會有這種療癒的感受！至少在我的生命中沒有，而且在很多人的生命中也感受不到。」

阿納絲塔夏也起身，輕聲地說：

「那你必須盡快創造。」

「到底要創造什麼？什麼啊？」

「首先，你必須了解什麼事情對你來說最重要、最有意義？你剛剛回顧了自己的一生，不過就算你有客觀分析、審視的機會，仍舊無法察覺真正重要的事情。在你的意識裡，你總是抓著習以為常的價值觀不放。請你告訴我，你曾在什麼時候，最靠近幸福的感受呢？」

「有兩次，但每次都有東西阻礙，而無法完全感受到幸福。」

「是什麼情況？」

「在開始經濟重建的時候，我長期租下了一艘輪船，那可是西西伯利亞河運輪船公司最好的客輪，名為『米哈伊爾．加里寧』[1]。輪船的長租文件辦妥後，我去了碼頭一趟。它就停在那裡，『多麼俊俏啊！』我第一次踏上自己的輪船甲板。」

「在你踏上甲板後，愉悅的感覺大幅增強了嗎？」

「阿納絲塔夏，你也知道我們生活中有很多不同的問題。在我上船時，船長與我會面，我們去了船長室，各喝了一杯香檳後聊天。船長說需要馬上清洗管線，否則衛生防疫站不會核發航行許可。船長還說了很多別的……」

「弗拉狄米爾，你就這樣陷入了輪船營運的煩惱和問題之中。」

「沒錯，事情真的很多。」

「弗拉狄米爾，人造物和各種機器的特點就是帶來的問題會比喜悅多，它們對人類的幫助都只是虛構。」

「我不同意，機器或許本身有問題，那就得修理維護，但它們還是可以用來實現很多事情。」

「例如什麼？」

「連愛情都能實現。」

1 米哈伊爾．加里寧（Mikhail Kalinin, 1875-1946），蘇聯政治家與革命家，自一九一九年十月革命起至一九四六年去世為止，一直擔任蘇聯最高蘇維埃主席，也就是名義上的國家元首。

「弗拉狄米爾，真愛並不會被人造物控制。就算你擁有全世界，也無法因此得到任何女人的真愛。」

「那只是因為你不瞭解我們世界的女人，才這樣推論。我就是這樣到手的。」

「到手什麼？」

「愛情，隨隨便便就到手了。我曾深愛一個女人多年，但她總是不願意單獨和我去任何地方。就在我取得輪船後，她答應了我的邀約。你知道這有多麼美好嗎？！我們倆在輪船酒吧的一張桌子前坐了下來，除了香檳、紅酒、蠟燭、音樂，什麼人都沒有。我們在空蕩蕩的輪船酒吧裡，我的眼前只有她一人。為了與她單獨相處，我一個人也沒載就開船了。輪船沿著河航行，酒吧播著音樂，我便邀請她共舞。她的身材和胸部真是迷人，我將她拉向了我，我的心臟欣喜地跳動。我吻了她的嘴唇！她沒有閃躲，也摟住了我。妳知道嗎？她就在我旁邊，我可以碰她、親她。這都是多虧了有這艘輪船，而你卻說那只會帶來問題。」

「之後呢，弗拉狄米爾，發生了什麼事？」

「不重要。」

「還是請你回憶看看吧。」

「我告訴妳這不重要，沒有意義。」

「可以讓我說說看，你和這名年輕女子之後在船上發生了什麼事嗎？」

「讓妳試試看吧。」

「你喝了很多酒，而且是故意喝多的。之後你把自己船艙——是間豪華套房——的鑰匙放在她面前，自己則進了底艙。你在小小的水手艙裡幾乎睡了一整天，你知道為什麼嗎？」

「為什麼？」

「你看到你心愛的年輕女子臉上，出現了異樣的神情和淡漠的微笑。那時直覺告訴你，甚至是你下意識明白，你心愛的這名女子其實幻想著：『要是輪船酒吧裡坐在我對面的不是米格烈，而是我的愛人，那該會有多幸福』。你心愛的女子想著其他人，想著她喜歡的人。她幻想這艘船不是你的，而是她愛人的。你將自己活生生的感覺和願望，都與沒有生命的物質綑綁在一起而受它的擺佈，這些感覺和願望都被扼殺了。」

「不要再說了，阿納絲塔夏，我討厭這些回憶。不管怎樣，這艘輪船還是有一定的重要性，它讓我遇見了妳。」

「過去的內心感受與悸動會創造現實的情節，也只有它們會影響未來。只有它們的飛翔、它們的振翅，才會映照在天空的鏡子上。也只有這些悸動和渴望會反映在地球的事物中。」

「什麼意思？」

「我們之所以會相遇，可能是因為你我內心的渴望，或許甚至是遠近親的。也許，是因為一棵長在你郊外小屋花園的櫻桃樹，是它的一股悸動，而不是輪船。」

「我家花園的櫻桃樹和這有什麼關係？」

「你回顧了人生很多次，卻從未重視過這棵櫻桃樹，還有與它相連的感覺，而這些感覺卻與你近年來的生活大事息息相關。宇宙對你的輪船沒有反應。你想想，一台簡陋吵雜、不會思考也無法自我復原的機器，對宇宙而言會有什麼意義？可是這棵櫻桃樹……一顆你甚至從未在回憶中保留位置的西伯利亞小小櫻桃樹，卻驚動了宇宙的浩瀚，改變了不只與你我相關的事件軌跡。因為它是活的，像其他所有生物一樣，與整個宇宙緊緊相連。」

6 櫻桃樹

「弗拉狄米爾，回想跟這棵小樹有關的一切，從你第一次見到它的時候開始。」

「如果妳覺得這很重要，我試試看。」

「是的，這很重要。」

「我人在車裡，要去哪我不記得。我請司機在中央市場附近停車，去買點水果。我待在車裡看著路人提著各式各樣的樹苗從市場走出來。」

「你看著他們，心裡很訝異。為什麼？」

「妳能想像嗎，他們一臉開心的樣子。外頭在下雨，又濕又冷的，他們還得拎著用布包捆著底部的樹苗。那明明很重，他們卻心滿意足；然而我坐在溫暖的車裡，心情沈重。等司機回來以後，我下車進去市場。我來回逛著裡頭的攤位，買了三棵櫻桃樹的種苗。我把種苗放進行李廂時，司機跟我說其中一棵活不了，因為根被剪得太短，最好現在就丟掉。不過我還是把它留了下來，因為那一棵長的比例最好。我把種苗親手種在鄉下房子的花園裡。根太短的那棵，我就填多一點的黑土，還加上泥炭跟肥料。」

「你為了幫它，那些肥料卻灼傷了另外兩條小根。」

「可是它活下來了！春天枝頭發芽時，這棵小樹的樹梢也綠了，有小葉子長出來。後來我就遠行去做我的商務考察。」

「但是在那之前，有兩個多月的時間，你每天都開車到鄉下的房子，而且每次第一件事，就是去看這棵小櫻桃。你有時會摸著它的枝條。你很高興它長葉子了，幫它澆水。你還在地上打了一根柱子，把樹幹跟柱子綁在一起，怕它被風吹斷。

「跟我說，弗拉狄米爾，你覺得植物會對人對待它們的方式產生反應嗎？植物分得出善意或惡意嗎？」

「我聽過，或是在書上讀到，有些室內盆栽跟花會這樣。照顧的人要是走了，它甚至會凋謝。還有聽過科學家做了實驗：他們為不同植物裝上感測器，有人帶著惡意走過，跟有人帶著善意走過，指針分別倒向了不同方向。」

「弗拉狄米爾，這表示你知道植物會對人的內心感受產生反應。植物正如造物者所設想的，竭盡所能想為人供應自己能做到的一切——有的結出果實，有的以美麗花朵使人綻放愉悅心情，有的為了我們的呼吸平衡大氣。

「但是植物還有一項，絕對跟這些同等重要的使命。跟某一特定的人有直接連結的植物，會為這個人形成真愛的空間。地球上要是沒有這種愛，就不可能有生命。

「許多夏屋小農一心只想往自己的園子去，因為那裡就是這樣一個專為他們形成的空間。你親手種下、細心照顧的小西伯利亞櫻桃樹，也努力像其他植物一樣，執行自己的天命。

「很多植物一起的話，能為人形成的愛的空間，非常可觀。如果它們種類繁多、人與它們有連結並以愛接近，所有植物將一起形成非常強大的愛的空間，能提高人的心靈層次，並修復人的肉體。這是在全部一起、數量很多的時候呀，弗拉狄米爾。但是你只照顧了一株，這唯一的西伯利亞小櫻桃樹於是奮力想完成很多不同植物一起才能做到的事。

「它的鬥志是因你跟它之間的特殊關聯燃起的。你直覺知道周圍只有這棵小樹對你沒有任何要求，不會虛情假意，一心只想奉獻。這就是為什麼你累了一天之後，還會開車過來，站在它面前，看著它，所以它很努力。

「它的葉子早在黎明第一道曙光出現之前，就開始辛勤地捕捉投映整座天空的光暈。

「日落以後，它仍繼續取用閃爍的星光。慢慢地，它的努力有了小小的成果。

「它的根，避開了灼燙的肥料，成功汲取所需的養分。大地的汁液，在莖脈裡流動得比平常還要快。有一天你來了，看見它纖細的樹枝上開了一朵小花。

「其他株都還沒開，它卻開了。你很高興。你的心情為之一振，然後……回憶一下，弗拉狄米爾，你看到花時做了什麼。」

「我的確很高興。不知為何我開心極了，伸手去摸了樹枝。」

「你溫柔地撫摸樹枝，說：『哇，我的小美人，你開花了！』

「樹會結果，弗拉狄米爾，還會形成愛的空間。小櫻桃樹非常希望你有這樣的空間，但它要從哪得到報答一個人的力量呢？它已經竭盡所能、獻出了一切，在這之後，卻又得到如此特殊的溫柔待遇……因此，它想做得更多！就它自己一個！

「接著你展開長期的考察之旅。回來以後，你到花園去看這棵櫻桃樹。你一邊走著，一邊吃著在市場買的櫻桃。等你走到它面前，發現上頭也掛著三顆紅色的櫻桃。疲憊的你站在它面前，吃著市場的櫻桃，吐出裡頭的果核。你摘下一顆樹上的果實品嚐，發現比市場的要酸一些，另外兩顆你就沒有再碰。」

「別的櫻桃我已經吃夠多了，它的又確實比較酸。」

「噢，要是你知道這三顆小小的果實內含多少對你有益的物質，包含著多少能量和愛。它深入大地和宇宙，吸取對你有益的一切，全裝進了這三顆小小的果實。它甚至為了讓三顆果實成熟，還讓某一根樹枝枯萎了。你卻只試了一顆，沒有碰其他兩顆。」

「可是我不知道，我還是很高興它能結出果實。」

「是的，你真的很高興，所以……你記得那次你做了什麼嗎？」

「我？我又伸手去摸櫻桃樹的樹枝。」

「你不只摸了，還彎下去托起一片葉子親吻。」

「我這樣做了沒錯，因為我的心情真的很好。」

「小櫻桃樹出現了奇蹟。要是你連它用這樣的愛結出的果實都沒摘來吃，它還能為你做什麼呢？

「人的一吻使它渾身抖擻，小小的西伯利亞櫻桃樹，竟迸出人獨有的感情與思想，發射到宇宙，進入光的次元，希望將從人那兒得到的一切奉還回去。想用愛親吻他、回報他，用愛這種明亮的感覺溫暖他。它的思想打破一切既有定律，在宇宙中飛竄，卻找不到能實現的棲身之處。

「認清無法具體實現的事實，意味著死亡。

「光明力量將小櫻桃樹所產生的思想送還給它，讓它自己將之銷毀，以免步向死亡。但是它不接受！

「小西伯利亞櫻桃樹燃燒的願望依然沒有改變，異常地純潔動人。光明力量不知該拿它怎麼辦，偉大的造物者並沒有為此更改不變的和諧定律。然而小櫻桃樹卻沒有死去。小櫻桃樹沒有死，因為它的思想、渴望和感情是如此純淨。按照創世的法則，純潔無瑕的愛，無法被摧毀。它懸浮在你的上空，盼望能找到棲身之處。它獨自在宇宙中，孤伶伶地為你創造愛的空間。

「我為了至少幫它一點忙，實現這棵小樹的願望，上了你的船，雖然我當時還不知道它是為了誰。」

「意思是妳對我產生感覺，是因為想幫助這棵樹？」

「弗拉狄米爾，我對你的感覺，就只是我對你的感覺。誰幫誰，很難說，是我幫了小櫻桃樹，還是它幫了我？在宇宙中，一切都是互相關聯的。真相如何，只有靠內心去體會。不過現在，我想實現小櫻桃樹的願望，我可以替它親吻你嗎？」

「當然可以了，如果有必要。我回去以後還要吃光它的果實。」

阿納絲塔夏閉上眼睛，將手放在胸口，輕聲地說：

「感受此刻吧，小櫻桃樹，我知道你能感覺得到。現在我要替你實現願望，這將會是你的吻，小櫻桃樹。」

很快地阿納絲塔夏把手放在我的肩膀上，雙眼依然閉上，湊近，用嘴唇碰我的臉頰，然後停在那兒不動。

一個奇怪的吻，只是一個輕微的嘴唇接觸，但它跟我所知的吻都不同。它帶給我一種非凡、全新、未知的美麗感受。它的重點或許不在嘴唇、舌頭、身體的動作，而是在於一個人的內在。而這樣的內在，被化作一個吻傳遞出去。

這個森林隱者的內在有什麼呢？她這麼多的知識、極為特殊的能力與情感，是從哪來的呢？或者她說的一切，不過是來自極為豐富的想像力？但要是如此，我打從心裡感受到的特殊柔情、甜蜜、溫暖人心的滋味，又是從哪來的呢？也許下面我正巧目睹到的情節，能幫助我們一起找出隱藏其中的秘密。

7 誰的錯？

有次阿納絲塔夏想跟我解釋生活方式與信仰方面的事，但找不到合適且容易理解的措辭。她大概非常想找到，於是產生了以下的事情。

阿納絲塔夏迅速轉向嗚響雪松，手掌貼著樹幹，接著開始發生難以理解的事。她仰頭，突然激昂地說起話來，夾雜著不成話語的聲音，像是對著雪松，又像是對著某個位於高處的人。

她看起來像在解釋、證明、懇求什麼。她的獨白不時夾雜強硬要求的口氣。雪松劈啪作響的聲音變大了，光線也變粗變亮，阿納絲塔夏接著用要求的口氣說：

「回答，回答我！給我解釋！給我，給我，給我！」她用力甩著她的頭，還跺起腳來。

突然雪松樹梢的淡淡光暈被吸進光束裡，整個光束瞬間脫離雪松，朝天空發射出去，又或者消失不見。這時，從天而降另一道射向雪松的光，看起來像由藍色的雲或霧所組成。

雪松朝向地面的松針也整個籠罩著這種雲霧般醒目的光，光射向阿納絲塔夏，但沒碰到她，彷彿溶解或消失在半空中。她又開始跺腳要求著，甚至拍打鳴響雪松巨大的樹幹，發光的針葉顫動起來，所有細微的光匯聚成單一道雲霧般的光線，射向阿納絲塔夏，距離她一公尺，再半公尺……卻同樣沒碰到她，光線像蒸發般，溶解在空氣裡。

我驚恐地回想起她的父母親可能就是死於這種光束。

阿納絲塔夏依然執拗地索討、要求，就像被寵壞的小孩在跟父母索討想要的東西。突然間光線衝向她，像閃光燈般照亮她全身。一朵小雲霧在阿納絲塔夏身邊形成，接著開始消散。針葉上細微的光熄滅了，雪松射出的光束溶解了。阿納絲塔夏身邊的小雲霧消散了，像是進入她的身體，又像是溶解在整個空間。

她滿臉笑容、幸福洋溢地轉過來，朝我踏出一步，又隨即停下來，眼神掠過我。我轉過去，阿納絲塔夏的祖父跟曾祖父正走進這片空地。她高大、白髮蒼蒼的曾祖父拄著一支有如牧羊人手杖的木棍，略走在祖父前頭，慢慢地接近我，在我的位置停下來。

他定眼看我，彷彿看進無窮遠的空間。我甚至不曉得他到底看見我了沒。他沉默地站在原地，沒有打聲招呼也沒有說一句話，只輕輕鞠了躬，便走向阿納絲塔夏。她的祖父沒有這般鎮靜，不過直來直往，看上去就是個親切開朗的好人。祖父走上前，到我這裡時，馬上停下來直接跟我握手。他跟我說了一些話，不過沒有一句我記得起來。我們倆不曉得為何都不安地將眼光投向雪松樹那邊。曾祖父在距離阿納絲塔夏大約一公尺的地方停下來，他們互看了一陣子，沒有人說話。阿納絲塔夏站在白髮的長輩面前，像個小學生或面對嚴厲考官的考生，雙手下垂緊貼在身體兩側。她像個做錯事的小孩，慌張全寫在臉上。

首先是曾祖父低沉、柔順、清晰的嗓音，打破這緊繃的寂靜。他並沒有向阿納絲塔夏問好，而是直接進行嚴厲的質問，緩慢而字字分明地說：

「誰能忽視恩賜的光與旋律，直接向祂訴請？」

「任何人都可以！祂自古便極度喜愛與人說話，現在，祂也這麼希望。」阿納絲塔夏很快地回答。

「祂已描繪出所有能接近祂的途徑？這些途徑可為地球眾生領悟？妳已看得一清二楚？」

「是的，我已看見祂為人類描繪的路徑。我看見未來之事，需靠現今世人覺醒程度來決定。」

「祂的子嗣——已開悟能感知祂大靈的使徒，可已做足了工作，令今日具肉身的眾生覺醒？」

「他們自過去到現在奉盡一切，甚而犧牲肉體也在所不惜。他們挖掘真相，並持續傳播真理。」

「通曉真理之人可會懷疑祂大靈的智慧、良善和偉大？」

「祂獨一無二！無與倫比！但祂想與人接觸，想讓人理解祂，想讓人愛祂像祂愛人一樣。」

「與祂接觸可容許傲慢無禮、予取予求？」

「祂已將祂大靈的一部分及智慧賜予地球上的每一人，若是人身上有一小部分——也就是祂的一小部分——不能接受普遍被認同的一般常理，那麼代表祂、祂自己並不滿意原先預定的規劃。祂在思考，怎能稱祂的思考為傲慢無禮？」

「可有誰，被允許催促祂加速思考？」

「唯有自我允許的人。」

「妳想求什麼？」

「如何讓不能明白的人明白，無法感覺的人感覺。」

「無法領受真理之人的命，是否早已註定？」

「無法領受真理之人的命早已註定，然而無法領受真理，應當怪罪於誰？無法領受真理的人，抑或無法傳授真理的人？」

「什麼？意思是，妳？……」曾祖父激動起來，隨即又恢復沉默。

曾祖父安靜地注視阿納絲塔夏一會兒，接著倚靠手上的棍杖，慢慢跪下一隻腳，拿起阿納絲塔夏的手。白髮蒼蒼的他低下頭，親吻她的手，說：「妳好，阿納絲塔夏。」

阿納絲塔夏立刻在曾祖父面前跪下，驚訝慌張地說：

「爺爺，這是做什麼呢，像小時候那樣？我長大了呀。」

她伸手環抱他的肩膀，把頭靠在他被白鬍子蓋住的胸膛，靜靜地貼在那裡。

我知道她在聽他的心跳，她從小就喜歡聽他的心跳。白髮的老人一腳跪著，一手拄著拐杖，另一手摸著阿納絲塔夏金色的頭髮。

祖父興奮著急地跑到跪在那兒的父親和孫女身旁，雙手打開，跑來跑去圍著他們團團轉，最後也突然跪下來，抱住他們……

祖父第一個起身，扶他父親起來。曾祖父再次凝視著阿納絲塔夏，然後慢慢地轉身離去。祖父不知跟誰氣急敗壞地說起話來：

「每個人都來寵壞她，他也一樣。看看她，管到哪裡去了，只要喜歡，什麼都要管！沒有人來教訓她。這下子小農靠誰來幫忙？誰？」

她的曾祖父停下來，慢慢轉過身，再次以低沉柔順的聲音，字字清晰地說：

「我的小孫女，聽從妳內心與靈魂的召喚。小農的事，我自會幫你。」充滿氣勢的白髮老人說完便轉身慢慢步出林間空地。

「就說吧，每個人都在寵她，」祖父又開始。

他撿起一支樹枝說：「所以我現在要來教訓她。」並揮著樹枝跑向阿納絲塔夏。

「啊，不要！」阿納絲塔夏拍了一下手，裝出害怕的樣子，又馬上大笑著跑開，閃避逼近的祖父。

「她還敢跑，以為我追不上！」

他以驚人的速度和輕巧跑起來，追著阿納絲塔夏。阿納絲塔夏在空地邊緣繞著圈子跑，雖然他沒有落後太多，但怎樣也追不上。

突然祖父大叫一聲，抱著腳坐在地上。阿納絲塔夏馬上回頭，帶著憂慮的神情跑向祖父，伸手要扶他。這時她停住，整個空地響起她震耳欲聾、充滿感染力的笑聲。我仔細瞧祖父的動作，發現她笑成這樣的原因。

只見祖父一腳蹲坐在地上，另一腳高舉騰空，他抱著這隻騰空的腳，揉的卻是他坐在底下的腳，好像這隻腳受傷了一樣。他把阿納絲塔夏騙來，想矇混過去卻沒有成功。

不過她早該從他不自然又好笑的動作看出來了。趁阿納絲塔夏還在笑，祖父一把抓起她的手，舉起樹枝，像打小孩一樣，輕輕打了一下阿納絲塔夏。阿納絲塔夏一邊笑，一邊裝出很痛的樣子。儘管從頭到尾，她想忍住的笑聲都沒停過，祖父還是把手放上她肩膀，說：

「好了，別哭，得到教訓了沒？是妳自己活該，這下妳可聽話了。聽著啊，我已經開始訓練老鷹了，別看牠老了，牠還很有力氣，而且記得很多東西。誰叫她就愛在那邊管東管西。」

阿納絲塔夏停止笑聲，認真地看著祖父，然後大叫：「爺爺！……我親愛的好爺爺！老鷹！……所以你已經知道寶寶的事了？」

「別忘了，有星星！……」

阿納絲塔夏不等祖父說完，就把他從腰部抱起來離地旋轉。等她把他放回地面，祖父踉蹌了幾步，還想裝出嚴厲的樣子說：「這就是妳對待長輩的方式？我就說了——沒人好好教妳。」然後揮著樹枝，快步跑開去追他的父親。

當祖父跑到空地邊緣的樹旁，阿納絲塔夏在他身後喊著：

「謝謝你的鷹，我的好爺爺，謝謝你！」

祖父回頭，看著她說：

「只要妳，小孫女，請妳自己……」他的語氣太溫柔了。他馬上打斷自己，用稍微嚴厲一點的口氣說：「妳給我小心一點。」便消失在樹林裡。

8 答案

只剩下我們倆時，我問阿納絲塔夏：

「妳為何對老鷹什麼的這麼高興？」

「老鷹對小孩十分重要，」她回答，「我們的小孩，弗拉狄米爾。」

「可以跟牠玩？」

「對，不過這個玩法對他以後的感覺與認知發展意義重大。」

「了解。」雖然我不太知道跟鳥，甚至老鷹，要怎麼玩。

「妳剛對雪松做了什麼？妳在禱告還是在跟誰說話？妳跟雪松發生什麼事了，為何曾祖父要對妳這麼嚴厲？」

「告訴我，弗拉狄米爾，你相信某種智慧的存在嗎？在無形之間，在太空和宇宙之間，是否存在著智慧？你有什麼看法？」

「我相信它存在，連科學家都在討論，靈媒也是，聖經裡也有。」

「用你覺得最接近的字眼來稱呼吧，這樣我們才能給它一個統一的名字，例如：智慧、智能、存在、光明的力量、真空、絕對、韻律、聖靈、神。」

「就稱它為『神』吧。」

「好。現在，告訴我，神是否想跟人說話？你怎麼認為？不是從天而降的一道聲音，而是透過一些人、透過聖經來提醒大家一些事情，例如怎麼更快樂。」

「可是聖經不一定是神親口傳授的。」

「那麼你認為是？」

「有可能是想創立宗教的人。他們坐下來，集體寫出來的。」

「你認為這是件容易的事情？一群人坐下來，寫一本書，想出各種情節和律法？而這本書流傳了千年以上，至今仍是最知名、也最多人閱讀的一本書！」

「即使這麼多世紀以來，有更多書問世，卻很少有哪一本比得過它，你認為這代表著什麼呢？」

「我不知道。當然了，很多古書是流傳很久沒錯，但大部份人讀比較多的，還是些當代的東西——小說啦、偵探小說這類的。這又是為什麼？」

「因為讀這些書時幾乎不需要思考，但是讀聖經時必須快速思考，回答自己提出的許多疑問。然後才會明白它在說什麼，而啟示就會在這個時候展開。

「如果你預先把它當成純粹的教條，你所做的就只是讀過去、記下幾個戒條。但是任何從外加諸在你身上的教條，如果沒有經過你內在的體悟，將會妨礙你身為一個人——一個創造者——的可能性。」

「讀聖經時需要回答什麼樣的疑問？」

「你可以從法老為何不讓以色列人離開埃及開始。」

「這還需要想嗎？以色列人是埃及的奴隸，有誰想放走奴隸？他們做苦工，帶來稅收。」

「聖經上說，以色列人不只一次降禍在埃及全地，甚至使所有頭一胎，無論人或動物，通通死去。後來能行法術的巫師被綁在火上活活燒死，法老王就是不肯放他們走。再來回答：這些以色列奴隸從哪得到足以遊走四十年的財物和牲畜？他們在路途中用來佔領、擊潰城市的武器從哪來？」

「什麼叫做從哪來？全都是神給他們的。」

「你認為只有神？」

「不然還有誰？」

「弗拉狄米爾，人有完全的自由，有機會去運用一切源自於神、神賜的光明美好；或是完全相反的事物。人是相反兩邊的結合。看哪，陽光普照大地，這是神的精心創造，為了所有的一切，為了你，為了我，也為了蛇、小花和小草。然而蜜蜂從花中取蜜，蜘蛛能夠取毒，牠們有各自的存在目的，沒有任何蜘蛛或蜜蜂會採取別種行為。只有人！有人享受太陽的第一道曙光，有人卻憎惡它。人可以是蜜蜂，也可以是蜘蛛。」

「妳是說神並沒有為以色列人做盡一切？怎麼分辨哪些是神親自做的，哪些是人以祂的名做的？」

「由人創造出的偉大事蹟，會有兩個對立的力量介入，而人可以靈活運用選擇權。他的選擇傾向哪邊，取決於他的純潔度與意識的覺醒。」

「好吧，假設妳說的都對。所以妳在雪松樹下這樣，是想跟祂說話？」

「是的，我希望祂回答我。」

「妳曾祖父不喜歡妳這樣？」

「曾祖父認為我用命令的語氣說話很不尊重。」

「妳確實是這樣，我都看到了。妳在那裡跺腳，要妳想要的東西。妳想要什麼？」

「我想要聽到一個答案。」

「什麼的答案？」

「知道嗎，弗拉狄米爾，神的精髓並不在肉體，祂不可能從天上大喊，告訴每一個人要怎麼生活。但是祂希望每個人都好，於是祂派遣了神子——那些某種程度上能被神穿透智慧與靈的人。神子走入人群，用不同的語言告訴其他人，有時用說的，有時藉由音樂、繪畫，或其他行動。有時他們得到傾聽，有時被驅離甚至殺害——例如耶穌基督。神繼續派遣神子。然而同樣地，永遠都只有少數人聆聽，其他人理解不了，使幸福美滿的生活法則瓦解。」

「了解。所以神才會用毀滅性的全球災難、可怕的審判來懲罰人類？」

「神不會處罰任何人，祂也不需要災難。神是愛，但這是從一開始就設定好的，創造好的。當人無法接收真理到達某一定的程度，當人內在的黑暗擴展到極點，這時為了避免全面性的自我毀滅，就會產生全球大災難，使許多人喪生，將致命的人工維生設施摧毀殆盡。大災難是給倖存者上的寶貴一課。災難後，人類有段時期會像活在可怕的煉獄，然而這是他們自己創造出來的結果。倖存者陷入了地獄，之後他們的後代有段時期將彷彿活在人類起源那般，到達一個足以被稱為天堂的極點，接著又重蹈覆轍，全部重來一遍。以地球時間來算，已來回反覆了幾十億年。」

「如果事情就是這麼無可避免地重複了幾十億年，妳想要求什麼？」

「我想知道除了降禍於人，還有什麼方法可以使人覺醒。我算過了，傳遞真理缺乏有效率的方法，這也是造成災難的原因，不能只怪無法接收真理的人。所以我請求祂找出那樣的方法，告訴我，或告訴其他人，都沒關係。重要的是，有這樣的方法，而且是有用的。」

「祂怎麼說？祂的聲音聽起來怎樣？」

「沒有人可以形容祂的聲音，祂的回答在你體內出現，就像你某個靈光乍現的想法。畢竟，祂只能透過自己的一部分來說話。這一部分，就存在人的體內，透過頻率脈動，將訊息傳送到人體各個部位。因此給人一種一切全靠一己之力的印象。雖然人光憑自己能做到的事，的確很多，因為人終究是近似神的。每個人在創生之初，就已被神吹入祂的一部分。祂把自己的一半給了人類，但是黑暗力量用盡一切手段，要阻斷這一部分發揮作用，干擾人與它之間的連結，使人無法透過它接近神。打擊被孤立的一小部分容易多了，尤其是當這一小部分與主要源頭失去聯繫。

「當這一小部分聯合在一起，一心嚮往光明，對黑暗力量來說，就變得難以對付與封鎖。不過，只要有一個人自己的一小部分完全與神取得聯繫，黑暗力量就不可能贏得過他，不可能擊敗他的靈與智慧。」

「也就是說，妳要祂在妳體內生出一個答案，好讓妳知道怎麼跟人說，阻止一場大災難。」

「差不多是這樣。」

「結果妳生出什麼樣的答案？該說些什麼話？」

「話……只說話，用一般的方式說話，是不夠的。話已經說了這麼多，人類整體還是朝著萬丈深淵前進。你沒聽過抽菸不好、喝酒不好這樣的話嗎？到處都聽得到，連你的醫生也在說，而且用的絕對是你聽得懂的語言，可是這些事你還是照做。就算身體不舒服了，你也一樣。即便是難受、痛苦，也沒能讓你和其他人改掉這些惡習。神在對你說：『別這麼做。』透過痛苦、難受來告訴你，你的痛苦也就是祂的痛苦，然而你還是吃下止痛藥，繼續相同的行為，不願意去想疼痛的原因……

「其他真理，人類全都知道，卻不肯照著做。為了滿足虛假的一時快感，而違背了心中的真理。這表示需要找出另外的方法，讓人不只知道，還要能感受到另一種滿足喜悅的滋味。兩種都體會過的人，就有辦法比較出其中的差異，可以瞭解一切，並開放自己體內神給予的那一部分。不能只用大災難來恐嚇人，或是怪那些不懂真理的人。每個真理傳遞者，都必須了解自己有必要找出更完美的詮釋方式。曾祖父在這點認同我。」

「但他沒有這樣說。」

「曾祖父說了很多話你沒聽到。」

「要是你們不需要語言就能交談，何必講一些我聽得到的話？」

「要是有人明明會講你的話，卻在你面前用你聽不懂的語言交談，你不會覺得不舒服嗎？」

我心想：「她說的話我要嘛相信，要嘛就是不相信。她自己當然信了。她不只信，還有所行動。也許我該讓她冷靜一下，不然她簡直是沖昏頭了。」於是我說：

「我說阿納絲塔夏啊，也許妳不該這麼激動，像妳那樣子在雪松樹下要東要西，有藍色的光還是煙霧的東西從雪松樹衝向妳了。妳的祖父跟曾祖父會擔心不是沒有道理，這樣很危險。要是神沒有告訴祂任何一個神子，怎麼跟人解釋才是最有效率的方式，那就表示神沒有答案。全球災難可能就是最有效率的方式，不然祂可能會像妳祖父說的那樣生氣、處罰妳，要妳不要多管閒事。」

「神很好，不會處罰人。」

「可是祂也沒跟妳說什麼。祂可能連聽都不想聽，妳只是在那裡浪費力氣。」

「祂在聆聽，而且也在回答。」

「祂怎麼說？妳現在知道什麼了嗎？」

「祂提示我哪裡可以找到答案，可以去哪裡尋找。」

「祂提示了？……對妳嗎？！哪裡？」

「在相反兩極的結合之中。」

「那是什麼情形？」

「例如，相反兩極的兩種思維，在解釋《大方廣佛華嚴經》時相反相成，融合成一個完整而統一的新系統。中國華嚴與日本華嚴的哲學便是如此形成的，它們所體現的世界觀更完整具體，近似於你們近代物理學的模型與理論。」

「什麼？」

「啊，對不起。我怎麼了我，我整個鬆懈下來了。」

「妳為何道歉？」

「我用了你不會用的字句。」

「沒錯，是我不會用的。我完全聽不懂。」

「我盡量不會再讓這種事發生，請你不要生氣。」

「我沒有生氣。那妳用一般的話解釋妳可以在哪裡、怎麼找到這個答案。」

「只有我一個人找不到的，要結合世界上不同人體內的那一部分，以及反向的思維。只有透過集體的努力，答案才會在所有思想存在的無形空間裡出現。這個空間，也可以叫做光明力量的次元，它介於人所在的物質世界與神之間。我會看到這個答案，其他人也會。這樣就更容易形成全球意識，這樣就能帶全人類穿越黑暗力量時光，不會再有大災難發生。」

「再具體一點，現在大家要做些什麼讓它出現？」

「如果很多人可以在約好的時間醒來，例如六點，一起醒來想一些美好的事，就會很好。不見得要特別想什麼，重點是產生光明的想法。可以想想你的孩子、你愛的人，想想怎麼讓所有人快樂。想個十五分鐘。越多人這樣做，答案就越快出現。地球因為在旋轉而有不同時區，但是這些人用光明思想創造出來的畫面，會融合成單一個鮮明飽滿的意識形象。所有人同時產生光明的思想，能讓每個人本身的能力增強很多很多倍。」

「唉，阿納絲塔夏，妳真是天真。誰會凌晨六點起來想事情想個十五分鐘？這麼早起的人通常不是為了工作，就是要趕飛機、去出差。每個人都會說：『讓別人去想吧，我還要再睡一下。』妳要找到人來幫妳實在很難。」

「你呀，弗拉狄米爾，你不能幫我嗎？」

「我？除非有必要，不然我不會那麼早起。要是我真的起來了，我有什麼好事可想？」

「你可以想——例如，我就要為你生下的小寶寶，你的兒子。當陽光灑下來，他身旁都是純潔美麗的小花，還有毛茸茸的小松鼠在林間空地跟他玩，這時候他有多麼開心。想想，如果每一個小孩都可以被陽光親吻，沒有任何事令他們傷心，該有多好。想想今天你要對誰說些好話，或是給他一個微笑。想想這美麗的世界，要是永遠存在該有多好，而你——就是你——需要做些什麼令它發生。」

「我會想著我兒子的，其他的好事就要試試看了。可是這有什麼用？妳在這裡的森林裡想，我在城市的公寓裡想。就只有我們兩個人，可是妳說要很多人。找到很多人以前，就我們兩個自己在那裡努力，有什麼用？」

「即使只有一個，也比沒有多，兩個一起就大於二。等你寫書以後，有更多人會出現。我會感覺到他們，每一個都會令我開心。我們會學習用光明力量的次元感覺到彼此、瞭解彼此、幫助彼此。」

「妳說的每件事還要先有人相信才行。這個思想所存在的光明力量次元，我自己就沒有完全相信。那是摸不到的東西，無法被證實。」

「可是你們科學家已經下結論說思想是一種物質。」

「即使是這樣，我還是無法相信，因為那是摸不到的。」

「可是等你寫書以後，就摸得到了，還可以拿在手裡，就像一個物質化的思想。」

「還在說書的事情！我已經說了，我不相信。而且妳還說要用只有妳自己知道的字句組合，來引起讀者的情感，說光明的感覺會幫助他們瞭解一切。」

「我已經告訴你那是怎麼運作的。」

「是，妳說過了，但我就是不相信。就算我試著寫寫看，我也不會一次把所有的東西都寫出來。大家會嘲笑我。而且妳知道嗎，阿納絲塔夏，我想誠實告訴妳。」

「誠實告訴我吧。」

「不要覺得受傷，好嗎？」

「我不會受傷。」

「我要叫科學家來驗證妳說的話，還要看不同的教派、新時代的學說對這有什麼看法。我們現在有很多種課可以上，有各式各樣的派別。」

「請人驗證吧，當然要這麼做。」

「還有，我感覺得出來妳是個心地善良的人，妳的哲學很特別也很有趣，但要是我把妳的行動，跟那些關心靈性和生態的人比起來，妳還差他們一大截，妳會是墊底的那一個。」

「為什麼？」

「妳自己想想看吧，妳稱為開悟者的那些人都隱居過。佛陀進入森林隱居七年，創立出一套完整的教義，在全世界有數不清的追隨者。耶穌基督離開人群才四十天，他的教誨到現在依然備受推崇。」

「耶穌基督不只一次離開人群，而且在行走的過程中，進行了非常深入的思考。」

「好吧，超過四十天，就說一年吧。現在被封為聖人的長者原本都是普通的凡人，他們進入森林某處隱居一陣子，後來那些地方都蓋了修道院，他們也有了追隨者，對吧？」

「是的，你說的沒錯。」

「可是妳已經在森林裡住了二十六年了，妳一個追隨者也沒有，妳沒有想出教義，然後妳要叫我寫書。妳把這當成浮木一樣抓著，幻想可以把妳自己的字句組合和符號放在裡面。

「我說呢，如果妳沒有其他人這般的豐功偉業，也許沒必要白費力氣？說不定有人比妳更有能力想出辦法，就算沒有妳也一樣。我們還是面對現實，過過平凡的日子就好。我來協助妳適應我們的生活。妳沒有覺得受傷吧？」

「我沒有覺得受傷。」

「那好，讓我把全部的實話都講出來吧，好讓妳看清現實。」

「你說吧。」

「妳有不尋常的能力，這點毋庸置疑。妳隨手就可以得到妳要的資訊，就像二乘二這麼簡單。現在妳告訴我，妳那光線，從什麼時候開始出現的？」

「跟每個人一樣，從一開始就有了，只不過曾祖父在我六歲的時候教我認識它、使用它。」

「也就是說，妳從六歲起就可以看到我們的生活景況？妳可以分析、幫忙，甚至進行遠距治療？」

「是的。」

「再告訴我，妳接下來的二十年，做了什麼？」

「我一直在告訴你，也讓你看到了。我跟你們口中的夏屋小農一起工作，我盡量協助他們。」

「每天從早做到晚，二十年來如一日？」

「是的，有時甚至做到深夜，只要我那天沒有累到不行。」

「妳像個狂熱份子把這些時間全拿去跟夏屋小農一起工作？誰逼妳的？」

「沒有人能逼我，我自願的。自從曾祖父建議我這麼做，我就發現這是一件非常好、而且非常重要的事。」

「我覺得妳曾祖父要妳去幫夏屋小農，是因為他覺得妳很可憐，從小就沒有父母，所以他給妳一個最簡單普通的工作。現在他覺得妳懂事多了，就准妳去做其他事情，不用再管夏屋小農。」

「可是這件其他事情也跟夏屋小農有關。我會繼續幫助他們，我很愛他們，絕不可能不管他們。」

「這就叫做狂熱。妳身上缺少正常人該有的特質。妳得知道，夏屋小農在我們生活中扮演的不是什麼舉足輕重的角色，他們跟社會進步沒有關係。夏屋跟菜園，只是用來休閒的地方。那是大家平常下班以後，或是退休以後，要去休息放鬆的地方，就這樣。妳知道嗎，就這樣！要是妳有這麼多淵博的知識和特殊的才能，妳還只跟夏屋小農往來，那就表示妳一定有心理不正常的地方。我覺得妳應該去看心理醫生。如果可以把妳失常的地方矯正回來，妳說不定真的可以為社會帶來貢獻。」

「我真的很想為社會帶來貢獻。」

「那就走吧，我帶妳去一個很好的私人診所看心理醫生。妳自己說有可能會發生全球災難，那麼妳可以協助生態協會、幫忙科學研究。」

「留在這裡我的貢獻會比較大。」

「那好，妳可以再回來，做比較有意義的事。」

「什麼是比較有意義的事？」

「妳來決定啊。我認為，舉個例子來說，跟防止生態浩劫、全球災難有關的事吧。對了，妳知道那什麼時候會發生嗎？」

「現在全球各地已經在發生局部性的災難了。人類從以前到現在，已為自我毀滅做了過多的準備。」

「全球性的呢？這場大災難什麼時候會到來？」

「有可能在二〇〇二年前後，但也有可能被化解或延後，像一九九二年那次一樣。」

「妳是說本來會發生在一九九二年？」

「是的，但是被他們延後了。」

「他們是誰？被誰化解掉了？被誰延後了？」

「一九九二年的全球浩劫被化解掉，要感謝夏屋小農。」

「什麼？！」

「全世界有各式各樣的人在努力化解地球的災難。一九九二年那場浩劫沒有發生，主要是因為俄羅斯的夏屋小農。」

「那麼是妳……也就是妳！……妳從六歲就看出他們的重要性了？妳早就看出來了？妳持續不懈地行動助了他們一臂之力。」

「我瞭解夏屋小農的重要性，弗拉狄米爾。」

9 小農節暨大地日！

「為什麼是小農？又為什麼特別是俄羅斯的？這一切有什麼關聯？」

「知道嗎，弗拉狄米爾，地球雖然很大，但也非常非常敏感。

「你也比蚊子大很多，但是你可以清楚感覺到有蚊子停在身上。地球也是一樣，所有一切都感覺得到——當她被鋪上水泥和柏油；當她表面生長的森林遭到砍伐、放火；當她內部被挖掘、被灑了一層叫做肥料的粉狀物。

「她會很痛，但她還是愛著人類，就像母親愛著她的小孩。

「地球努力把人類的恨意吸收到內部，直到沒有力氣再承受，那些壓不住的恨意才爆發成火山和地震。

「我們要幫助地球，珍惜並溫柔地對待她，就能帶給她力量。地球很大，但非常地敏感。即使是一個人的手，在她身上溫柔觸摸，她都感覺得到。噢，她多麼敏感，多麼希望被這樣子觸摸！

「大地在俄羅斯有段時期被視為所有人的，並非屬於哪個人的資產，沒有人將土地佔為己有。後來俄羅斯有了變動，開始分發小塊土地，讓人民各自搭蓋簡易的夏屋。

「這些土地小到沒辦法用機器絕非偶然，但是渴望親近土地的俄羅斯人依然滿心歡喜地領取它，不論窮人富人，因為沒有什麼能切斷人與土地的連結！

「人民得到小小的一塊地後，直覺感受到這點……接著數以百萬計的雙手，用愛碰觸著大地。在他們小小的土地上，用雙手溫柔地觸碰大地，而不是用機器。地球感覺到了，她感覺到每一隻手的撫摸，因而找到支撐下去的力量。」

「所以呢？我們是不是該為每個夏屋小農豎立拯救地球的紀念碑？」

「是的，弗拉狄米爾，他們拯救了地球。」

「這樣要做的紀念碑也太多了，不如幫他們訂個國定假日吧——休息個一兩天，在月曆上寫『小農節』或『大地日』。」

「哇！一個節日！」阿納絲塔夏拍手，「好棒的點子。一個節日！我們絕對需要一個歡樂喜氣的節日。」

「妳可以把妳的光線照在我們政府，還有國家杜馬[2]代表身上，讓他們通過草案。」

「我接近不了他們，他們忙著自己的日常瑣事。他們要做很多決策，完全沒有時間好好思考，何況提升他們的意識沒有什麼成效，要讓他們看清楚並瞭解完整的真相很難。他們不被容許做出比現有政策更好的決策。」

「有誰能這樣不容許政府跟總統？」

「你們、大眾、多數人，你們都將正確的決策稱為『不受歡迎的措施』。」

「是的，妳說的沒錯，我們有民主政權。最重要的決議是由多數人決定的，多數向來都是對的。」

「向來都是個人先達到高度覺醒的意識，弗拉狄米爾。多數人還需要一段時間才會跟上。」

「要真是如此，我們為什麼還需要民主跟公投？」

「需要拿來當避震器，防止天搖地動。當避震器失效，就會有革命。要渡過革命對多數人來說是很艱辛的。」

「可是幫小農訂個節日——這又不是革命，會怎樣嗎？」

「這樣的節日很好，需要。應該越快越好，我會想辦法讓這節日以最快的速度成立。」

「我幫妳。我比較知道哪些手法容易在我們生活奏效。我在報紙上……不，我在妳的書上寫小農的事，呼籲大家發電報給政府跟國家杜馬：『我們請願成立小農節和大地日。』不過要訂在哪一天？」

「七月二十三日。」

「為什麼是七月二十三？」

「那一天很適合，還有因為那天是你生日，畢竟這麼棒的點子是你想出來的。」

「好，那就請大家發電報說：『請將七月二十三日訂為正式節日：小農節暨大地日。』

「然後政府和國家杜馬看到後會開始思考『民眾為何發送這樣的電報？』這時妳再用光線掃射他們！……」

「掃射！我會瘋狂地掃射！這將是一個光明美好的節日。所有人！所有人都會感到開心，整個地球也是！」

---

2 杜馬（Duma），俄羅斯的中央立法機關，主要負責國家法律的起草和制訂。

「為什麼所有人都要感到開心？這是給小農的節日。」

「要讓所有人都開心才對，讓所有人的感覺都很好。俄羅斯將是第一個慶祝這個節日的，這將會是全世界最美好的一個節日，心靈的節日。」

「這節日第一次在俄羅斯要怎麼過？到時不會有人知道該怎麼慶祝吧。」

「每個人的心都會告訴他這一天要做些什麼，不過大致的流程我可以現在模擬。」

接下來阿納絲塔夏說的話字字清晰。熱情洋溢的她快速地說著，連韻律、句子的表達和咬字都不同於平常的方式。

「就讓俄羅斯自這一天的晨曦中甦醒。所有人帶著家人，帶著朋友，或獨自一人，赤腳步入大地。就讓親手孕育出果實、有著小小土地的人，在自己的作物間迎接第一道曙光，用手輕撫過每一種作物。

「就讓他們在太陽升起時，摘下每種作物的一顆果實來吃，到午餐前便不需再進食。就讓他們在午餐之前照料自己的園地。就讓每個人想想自己的生命，想想生命中的喜悅，想想生命的目的。

「就讓每個人帶著愛想想家人與朋友，想想自己的作物為何生長，然後為每種作物賦予各自的任務。每個人在午餐之前至少要有一小時的時間獨處，在哪裡、用什麼方式都可以，最重要的是能夠獨處，至少有一小時的時間能觀照自己。

「就讓全家人午餐時齊聚一堂——住在本地的，以及這天特地遠道而來的——就讓他們用地球在這此刻之前出產的菜葉果物準備這一餐，讓每個人將內心所選的食物端上餐桌。就讓家庭的每一位成員溫柔地注視彼此，讓最年長的、以及最年幼的帶來餐前祝福。就讓餐桌上傳來輕聲的交談，談著美好的事物，談著左右在座的每一位。」

阿納絲塔夏描述的場景非常鮮明，我都覺得我正和一群人坐在餐桌前了。我整個人沈浸在這個節日裡頭，與其說我相信這是真的，不如說我根本就身歷其境，我加上一句：「用餐前應該舉杯敬酒，所有人舉起杯子，敬愛與大地。」彷彿我手裡正拿著杯子。

她瞬間說：「弗拉狄米爾，別讓餐桌上有帶毒性的酒精飲料。」

杯子從我手上消失，整個節日的場景不見了。

「別這樣，阿納絲塔夏！別讓節日變得這麼掃興！」

「好吧，如果你想要的話，就讓餐桌上有果釀的酒，不過要小口啜飲。」

「好吧，換成果釀酒，至少不會一下子就要我們改變所有習慣。那午餐之後呢？」

「就讓人群回到城市，帶著從自己土地收成的蔬果，放進籃子裡，分送給沒有的人。

「噢，這一天會充滿多少正面的情緒呀！那將戰勝許多疾病，不治的，和長年糾纏的，通通都會消失。這一天，就讓患有絕症的，和患有輕微症狀的，迎接從自己小小園地返回的人潮。愛和美好所散發出的光，以及他們帶來的蔬果，能治癒、能戰勝疾病。

「快看！快看！是火車站。一陣人潮，帶著五彩繽紛的籃子。看人人眼睛裡閃爍著祥和與美好的光！」

阿納絲塔夏似乎越來越受到這節日的靈感所鼓舞，整個人發光起來。她的眼睛已不只閃爍著喜悅，還像是放射著藍色的光。她的表情一直在變，但每一種都充滿喜悅，彷彿這偉大節日的畫面像一股洪流般沖刷她的腦海。

她突然間安靜下來，一隻腳屈膝，右手舉起，另一隻腳一蹬，就像箭矢般飛離地面，幾乎可以搆到雪松最低的一節樹枝。她落地時揮舞著手臂，然後兩手一拍——整個草地流瀉出藍色的光。她說的每一句話彷彿被每隻小蟲、每根小草、每棵宏偉的雪松樹複誦著。阿納絲塔夏的聲音彷彿被無形的力量增強，雖然她的聲音不大，但我有種感覺，我覺得在無窮宇宙中穿梭的每一道脈流似乎都能聽到。

我又插嘴了，因為聽見她開始的這番話，會忍不住想插嘴：

「這一天，大家會來到俄羅斯！亞特蘭提斯人所孕育的大地之子！全部如同浪子歸鄉！

「這一天，就讓全俄羅斯的人自晨曦中甦醒，讓宇宙豎琴的琴弦一整天彈奏著幸福的旋律，讓街頭和庭院中的吟遊歌者撥弄吉他。這一天，讓年老的恢復青春活力，回到許久、許久的歲月以前。」

「我呢，阿納絲塔夏，我也會變得年輕？」

「你和我，弗拉狄米爾，你和我都會變得年輕，人人都將第一次感到如此青春洋溢。長輩將寫信給孩子，孩子將寫信給父母。讓小嬰兒跨出人生中的第一步，進入幸福喜悅的世界。這一天，沒有什麼能讓小孩難受，大人會和他們平起平坐。

「而眾神將下凡地球。這一天，讓眾神以簡單的形象顯現。

「上帝——那萬有的神——將快樂不已！願你這一天幸福快樂！愛，將照亮大地！」

節日進行的畫面讓阿納絲塔夏陷入著迷的狀態。她越來越起勁，還轉起圈圈，像在跳舞一樣。

「停！停！」我對阿納絲塔夏喊，我突然發現她把這一切都當真了。她不是說說而已，我發現她正在用她說的每一個字和奇怪的句子結構模擬著！模擬著節日的景象！按照她執拗的個性，她會一直模擬、一直夢想，直到她的夢想成真為止。她會做天花亂墜的夢！她會把自己奉獻給小農，就像她之前已經花了二十年在他們身上一樣。為了阻止她，我向她大喊：

「妳還不懂嗎？這只是個玩笑，這個節日！我是在開玩笑！」

阿納絲塔夏瞬間停下來。我看見她的表情，那表情馬上令我感到心痛。她的臉像小孩一樣慌亂。她用痛苦惋惜的眼神看著我，好像我破壞了什麼。她用小到幾乎聽不到的聲音說：

「我是認真的，弗拉狄米爾。我已經模擬了一切。即將發送的電報會形成一連串的效應，把接下來的許多事件交織在一起。要是沒發電報，這些事件的前後次序就會亂掉。我接收了你說的話、相信你說的話，並讓這些話成立。你講到節日和電報時，我感受到你的誠懇。請不要收回你說的話。你只需要幫忙我發電報的事，這樣我就可以照你說的那樣用光線提供一臂之力。」

「好，好，我會試試看。不過妳冷靜一點，說不定沒有人想發這樣的電報……」

「有人會懂的，政府和國家杜馬裡也會有人感覺得到。這個節日會成立的！一定會的！你看……」

節日的畫面又一幕幕出現在我面前。
所以，我已經寫好了。各位請聽從你的心與靈魂，展開行動吧。

10 吟遊歌者的鳴響之劍

「阿納絲塔夏，為什麼妳講到這個節日，要用一種奇怪的方式表達每一句話？而且每個字的字母都發得一清二楚……」

「我在盡力描繪這個節日的畫面，還有畫面中的每個細節。」

「這跟表達的話語有什麼關係？這會有影響嗎？」

「我說的每個字描繪出許多事件和快樂的場景，而現在，一切就要成真。畢竟，思想連同話語，是偉大的造物者最主要的工具。在所有有肉體的生命之中，只有人被賦予這樣工具。」

「那為什麼每個人說的話，不是每一句都能實現？」

「當靈魂和話語失去連結，當靈魂空洞、畫面隱晦不明，話語也會變得空洞，就像失序的雜音而沒有預言的能力。」

「這聽起來像某種虛構的事情，而妳像個天真的小孩全都相信。」

「怎麼會是虛構的，弗拉狄米爾，要是我可以大量且生動地舉出你們和你的生活中，因傳遞出畫面而使話語本身產生力量的例子呢？！」

「給我一個聽得懂的例子吧。」

「一個例子是嗎？聽好了：有人——例如演員——站在台上對著觀眾說話，他說的話是台下的人已經聽過無數次的，但其中一個演員能使台下的人屏住呼吸聆聽，另一個卻使他們沒有感覺。同樣一句話，卻有很大的差別。為什麼會這樣呢？你覺得呢？」

「演員都是這樣。同樣都在學院裡訓練很長一段時間，有的人就是表現得很優秀，有的人就是普普通通。排練的時候，他們先背台詞，再融入感情。」

「學院教他們進入台詞裡的世界。排練時，他們再盡可能重現這個世界。如果一個演員，唸台詞的時候，能營造出台詞中看不到的畫面，只要百分之十，全場就會聚焦聽他說話。要是他能將一半的台詞注入畫面，你們會說他是天才演員。因為這時候，他的靈魂是直接對著觀眾的靈魂說話。他們會落淚，或是歡笑，因為他們的靈魂感受到演員想傳達的每一件事。這就是偉大的造物者所使用的工具！」

「妳平常說的話，有多少字被注入畫面？百分之十，還是一半？」

「全部。曾祖父教我的。」

「全部？真的假的！每一個字？！」

「曾祖父說可以為每個字母注入畫面。我學會替每個字母創造畫面。」

「怎麼會是字母？字母本身沒有意思。」

「每個字母都有意思！在梵文裡，每一個字母本身即代表一段話、一些詞句，因此同一個字母裡頭，隱藏了更多的字母，而每個字母又隱藏了詞句，因此梵文的每一個字母，都蘊含著無限的意境。」

「哇，而我們卻只是把每一個字含糊帶過。」

「是的，遺留千年的詞句通常會變成這樣。那些詞句走過也穿越了時空，而被遺忘的畫面，至今仍渴望與我們的靈魂接觸，守護我們的靈魂，為我們的靈魂而奮戰。」

「像是什麼樣的詞句？有沒有連我都知道的？」

「有的。我想，你一定聽過幾個音，但蘊藏其中的意義早已被人遺忘。」

阿納絲塔夏眼神低垂，安靜了一陣子。然後用非常細小，幾乎是耳語的聲音說：「弗拉狄米爾，說出這個詞：『吟遊歌者』。」

「吟遊歌者。」我說。

她身體往後縮，好像很痛苦的樣子：「噢，這偉大的詞，被你說起來卻如此平淡庸俗。你將遺忘和空洞吹在閃爍的燭火上，這火焰可是傳遞了好幾世紀，甚至要傳到你手上、傳到祖先留下的每個後代手上。如今世界會遭到破壞，全是忘本所致。」

「我這個詞的發音哪邊不合妳意了？它連結著什麼是我應該要記得的？」

阿納絲塔夏不發一語。接著，她開始輕柔地將這些彷彿來自永恆的句子，一個字、一個字說出來：

「基督尚未誕生的許久以前，居住在地球上的人類，我們的祖先，被稱為克爾特人（Celts）。他們稱呼傳授智慧的智者為德魯伊（Druid）。德魯伊含括物質與靈性的知識，在當時受到相當多地球居民的尊崇，沒有克爾特武士會在德魯伊面前露出刀劍。要進入德魯伊的門下，必須跟著最高階的靈性修道者——德魯伊祭司——個別修習二十年。通過入門的人將被封為『吟遊歌者』，在道義上有權利進入人群中歌唱，用歌曲為人灌入光與真理，用歌詞營造畫面，治癒心靈。

「羅馬出兵攻打克爾特人的最後一役是在河邊，當時羅馬人看見一個個放下頭髮的女人，在克爾特武士之中穿梭走動。羅馬兵團的將領知道，一旦這些女人在他們之間行走，要打贏克爾特人就必須加派六倍兵力。為何如此？沒有任何羅馬將領或是現代的歷史學家知道，只曉得一定和那群手無寸鐵、放下長髮的女人脫不了關係。

「羅馬人加重兵力，以九比一的兵力攻打克爾特人，最後一個奮力抵禦羅馬人的克爾特家庭被逼到了河邊。

「他們圍成半圓，身後是一名正在給小女嬰餵奶的年輕女子。年少的母親唱著一首明亮輕快的歌曲，如此一來，恐懼和悲傷就不會住進小女嬰的心靈，伴隨她的將會是光明的畫面。

「每當小女嬰停止吸吮母親的乳房，她倆的眼神就會交會，女子會暫停歌唱，一次又一次溫柔地呼喚小女嬰『歌兒』。

「防守的半圓消失了。一名年少的吟遊歌者，雙手沾滿鮮血，握著寶劍，擋在羅馬士兵攻向餵奶女子的小徑上。他轉頭看著女子，他倆眼神交會，相視而笑。

「負傷的吟遊歌者抵擋著羅馬人，直到女子下到河邊，將小女嬰放入小船並推離河岸。

「鮮血直流的吟遊歌者用盡最後的全力，將寶劍拋至女子腳邊。

「她舉起劍，在狹窄的小徑上和兵團戰鬥四小時，一刻也不停歇，不讓他們靠近河流。

「羅馬將領沉默而震驚地注視一切，無法理解為何身經百戰的戰士，連刀身輕劃過這名士兵都累垮了，在小徑上對著自己人互相叫囂咒罵。

「她奮戰了四小時而精疲力竭。一滴水也沒喝的她，肺部嚴重脫水而乾涸，鮮血從她美女子的機會也沒有？

麗、乾裂的嘴湧出。

「在膝蓋失去力氣倒向地面的同時，她對著河流下游、載著未來小小歌者——歌兒——的船擠出最後一個虛弱的微笑。而她的歌詞和詞裡保存的畫面，就這麼流傳了數千年，傳給今天的我們。

「人不是只有肉體。無形的感受、心中的熱情、感知，更是無與倫比地偉大、重要。物質只能投射出其中某些部分，就像鏡子只能投射出某些部分一樣。

「小歌兒長大成為女孩，成為女人，成為母親。她活在地球上，並唱著歌。她的歌帶給人的，只有光明的感受，就像全然療癒的光線，能夠驅散人心的陰鬱。生命中所遭遇的種種挫折與困難，一直試圖要消滅這光線的源頭。黑暗力量想在無形之間逼近，卻怎樣也無法突破那唯一的障礙——堅守在路中間的人。

「人不是只有肉體，弗拉狄米爾。吟遊歌者血泊中的肉體，用靈魂的光將微笑發送到永恆裡，他的微笑，投射出人無形部分的光。

「握住寶劍的年少母親肺部乾涸了，嘴裡湧出鮮血，她那乾裂的嘴，早已接收到吟遊歌者充滿光的微笑。

「弗拉狄米爾，現在，相信我吧。去瞭解吧，聽見吟遊歌者無形的刀劍，正在通往後代子孫靈魂的道路上，擋掉黑暗、惡毒攻擊所發出的鳴響聲吧。請你再講一遍，弗拉狄米爾——吟遊歌者。」

「我沒辦法……我還不能按照它的意義把它唸出來，我以後再唸吧。」

「謝謝你不唸，弗拉狄米爾。」

「告訴我，阿納絲塔夏，既然妳可能知道。現在哪些人是那名餵奶女子和小女孩——女歌者歌兒——的直系後代？在小徑上奮戰的吟遊歌者的後代。有誰能忘記這樣的事，忘記自己的身世？」

「請你想想看，弗拉狄米爾，為什麼你會提出這樣的問題？」

「想看看這個，或這些忘掉自己祖先的人。這樣無情的人。」

「也許你想確認自己並不是那個——忘掉的人？」

「這跟我又有什麼關……我懂了，阿納絲塔夏，不要說出來。就讓每個人自己去想一想吧。」

「好。」她回答後便安靜看著我，沒再說一句話。

我也沈默了一陣子，不過阿納絲塔夏描繪的場景還停留在我的腦海。我又開口問她：

「為什麼妳選了這個詞當例子？」

「為了讓你知道，這個詞涵蓋的意象馬上就要在真實世界中具體發生。幾千根吉他弦在俄羅斯當代吟遊歌者的手指下振動著。我在森林裡夢想一切的時候，他們也是最先感應到的。他們的靈魂……一開始只出現了一個閃爍的火光，和一根精細的琴弦顫動，但馬上會有其他靈魂接著彈奏回應。很快地，他們的歌會被許許多多的人聽到。他們——吟遊歌者——將會幫助人看見新的曙光。人類靈魂展開悟性的新曙光。你會聽見他們的歌，新曙光之歌。」

11 急轉直下

在阿納絲塔夏那兒待了三天之後，我回到船上，一連好幾天的時間，我完全沒有心情無法處理公司事務。我沒有辦法決定接下來的航行路線，也沒有辦法回覆新西伯利亞傳來的無線電報。我的疏於管理被我雇來的新手和幾個船員發現，他們開始明目張膽地偷竊。船停靠蘇爾古特後，當地警方和我的警衛聯手，逮捕了這些竊賊也做了筆錄，但我完全不想再深究。

很難解釋為什麼遇見阿納絲塔夏會對我造成這麼大的影響。

之前有各種宗教人士會來拜訪我們公司，他們說想為社會做善事，所以總是來這裡要錢。有時我為了打發他們會直接給錢，也不會特別想瞭解他們是在做什麼的。何必呢，要是每一次交談的最終目的都是要錢。

阿納絲塔夏沒有像「宗教人士」一樣跟我要錢，我甚至很難想像自己可以給她什麼東西。她看起來好像什麼都沒有，卻又給人一種什麼都有的印象。我指示輪船直接航向新西伯利亞，把自己鎖在艙房裡苦思。

十幾年經商及帶領團隊的經驗教了我很多，時起時落磨練出我在任何情況下都能找到出路的能力。但這次的情況是我遇過最糟的一次，什麼慘事全都一次發生。眼見公司就要倒閉，公司裡的「善心人士」已開始散播謠言：「他出了狀況，已經沒有能力再做出有效的商業決策。」言下之意就是告訴大家：「請自保。」而他們真的這樣做了，我回到公司時看見人人是如何自保。連我的親戚也加入，能拿的就拿，能偷的就偷。「反正怎樣都會倒。」他們心裡這樣想。

只有少數的老員工想辦法撐住公司。但是等到我的船回來，我在船上閱讀的書被他們看見後，他們也不由得擔心起我的精神狀況。

倒是我自己完全冷靜清醒地評估當前的狀況。我非常清楚跟這群人繼續下去，是不可能扭轉情勢的。就連曾經對我唯命是從的人，也對我的每個決定抱持懷疑的態度。

我很想跟別人講阿納絲塔夏的事，但難以想像有誰會理解，何況我可能還會因此被關進瘋人院。我的家人已經開始討論治療的事。

雖然身邊的人沒有明講，但他們都在暗示我擬一些一定會成功的商業計畫給他們。我的心放在新的興趣上面，在他們眼裡是種發瘋或精神崩潰的象徵。我的確也開始大量思考起我們生活中的種種情況。

「這是怎麼一回事？」我想，「老想著怎麼做生意，錢也賺到了，卻從沒滿足過。野心越來越大，已經這樣子十幾年了！誰能擔保這種競爭遊戲不會持續到最後一天，卻永遠不會滿足？有人因為不夠錢買一瓶酒而不高興，家財萬貫的人發現自己不夠錢買更貴的東西——還不是一樣不高興，也許跟一個人擁有多少錢沒有關係？」

有天早上，兩個我很熟的大企業主來我的辦公室找我。我跟他們談起想找心靈誠摯的企業家組織結社的事，包括我們的目標、我們要做怎麼樣的生意。我很想全部講出來給別人聽，他們支持我繼續講下去，有時也會認同我說的。我們聊了很久，我在想既然他們花了這麼長的時間，有沒有可能是真的瞭解我在說什麼？我的司機卻告訴我：

「弗拉狄米爾・尼古拉耶維奇[3]，他們是受人之託才來拜訪您的，因為有人擔心您的健康狀況。他們想知道您最近都在想什麼？煩什麼？換句話說，想知道您精神正常還是不正常，他們該請醫生，還是等您熬過這段時期。」

「你怎麼看我的？」

他沈默一陣子，才小聲地說：

「您這十年的工作表現一直都正常，很多城裡的人都說您很成功，但現在全公司的人都怕領不到薪水。」

這時我才知道大家憂慮到這種地步。我跟司機說：「把車子調頭。」

我回到公司，召開緊急會議，指派了各種事務的主管，讓他們可以在我不在的期間全權處理一切。我吩咐司機明天一早接我去機場。在機場時，他交給我一個溫熱的包裹。我問他：

「這是什麼？」

「餡餅。」

「你這是在同情我這個不正常的人，所以才給我餡餅嗎？」

「是我太太，弗拉狄米爾·尼古拉耶維奇。她一整晚沒睡，都在烤餡餅。她以前從沒烤

3 俄國人名有三部分：名字、父名、姓氏。一般對於長輩、老師、不熟悉或以「您」稱呼的人，都會以名字加上父名表示尊敬。

過，她還年輕，不過她非常投入。她硬是要我交給您，包在布裡，還熱的。她說您不會那麼快就回來。如果您還會回來的話……再見。」

「好吧，謝謝你。」

幾天後他辭去工作，離開了公司。

12 誰來決定方向？

坐在飛機的椅子上，我閉上雙眼。飛機的航向很明確，正飛往莫斯科，而我未來生活的方向仍無頭緒，大多在想著企業家的事。現在還是很多人認為企業家就是不斷經商，用某種不太誠實的手段籌措初期資本，再靠著損害周遭人的利益來使資本翻倍。當然，就像我們社會有不同階層一樣，企業家裡面也有各式各樣的人。不過，身在經濟重建最早期的企業生態深處，我敢說第一波的企業家累積資本，大部分都是靠尋找全新及短缺的商品，要以非傳統的方法生產，開發各種服務與更合理的製程。多數蘇聯和俄羅斯的企業家都是從零開始，甚至毫無借貸。畢竟他們不像下一波企業家一樣，擁有私有化的工廠，所以他們只能絞盡腦汁，還必須祈求有好運降臨，白手起家。為了證明這點，我就從我個人的經驗中舉幾個例子。

13 從零開始的資金

在經濟重建之前，我手下有一小隊攝影師，包括攝影工作室的技術人員和一些特約攝影師。所有人都有薪水和外快，在當時算是小康，大家都能得到營收的分紅。這下自然會想要更多，不過為此必須大幅提升營收、增加客戶。我設法找到了一個方法，現在只要有意願，還是可以利用。

有次，我的老舊「札波羅熱茨」轎車在城郊道路上爆胎了，當時的輪胎都還是硫化製成。我看著一輛又一輛的車子，心想：「要是幫這些車主都拍照的話，會是多大的收入啊！」幾分鐘後我腦中就醞釀出計畫，這在之後也付諸實行，足足讓營收成長了三倍。計畫是這樣的：攝影師拿著相機站在路旁，兩個助理戴著「服務站」（生活服務站）的綠色臂章，手上拿著公路局的交通指揮棒。許多駕駛會停下來，心想那是「綠色」環保巡查，還是別種巡查。在了解這只是種照相服務，而不是找碴、懲罰或臨檢之後，他們都欣然站在車前與車牌拍照。拿到地址後，照片會以貨到付款的方式寄出。駕駛要站在車牌號碼旁，寄送地址才不會搞混。

半年內，所有通往新西伯利亞的幹道上都開始有這樣的服務，所以我們開始常遇到已經拍過的駕駛。不過在這半年內，團隊仍賺進了相當可觀的金額。

後來，我想到拍攝民宅的業務，上面像明信片一樣加上文字：「我的家鄉」、「老家」等等。團隊拍了大量的房子，照片需求很高。因此，攝影師也不問居民意願，到了社區就沿著街道走，拍下所有的房子。接著，郵差會送出所有照片並一一收錢。居民把照片寄給兒女，很多人都說這些照片激起了孩子返鄉的慾望。

「新西伯利亞攝影聯合公司」出現了團隊薪資的支付問題，當時的管理階層認為薪資超過合理的限度，但因為大家的營收分紅都是一樣的，也不能做什麼。

經濟重建的初期，我們的團隊就從聯合公司劃分出來，組成獨立公司，我當選為代表。我開始可以更自由地工作，籌措創建資本並做更有野心的事。我開始想：要增加公司的收入，還能做什麼？

有次，我和理論暨應用力學研究所的朋友聊天，他抱怨：「薪資遲發，實驗室還面臨解散危機。能去哪裡？還能做什麼？現在沒有人需要我們了。」

我問：「你們實驗室之前都在做什麼？」

「感熱試紙，但現在已經毫無用處。」

「這種試紙是做什麼的？」

「有很多用途，」他回答，接著從口袋拿出一張黑色試紙，說：「自己看看。」

我拿過來碰了一下，試紙就突然變成綠色，害得我立刻丟開。

「這什麼鬼東西？怎麼會變成綠色。我要去洗手！」我對他說。

他回答我：「別緊張，試紙只是因為你的手溫而變色，它會隨溫度變化反應。如果高於正常體溫，試紙會呈紅色，正常的話就是那種淺綠色。」

這個構想很快就成熟，公司開始出產平板溫度及壓力指示器。紙板上畫滿各種顏色精美的方格，另一邊標示顏色和對應的溫度，黏上試紙後就可以知道溫度。產品就這樣誕生了。我們透過各地的國家貿易處銷售這項產品，當時蘇聯還尚未解體。

公司的員工人數增加，大家都有不錯的薪資。公司一開始的資本開始回本，也能夠補助研究所，所以實驗室不再虧損，我們買了兩輛公司專用車，還有全新的設備。接著有一件事情為我們帶來了極大的突破。

某日下午，我到了公司的辦公室，看見兩具電話都有人在用，一具是秘書邊聽邊寫筆記，另一具是清潔工在聽。她們剛掛上話筒，電話又響了。秘書說：「電話已經響了三個小時！一通接一通，沒有停過！全都在問溫度及壓力指示器。還有人罵我們和經濟重建前的笨蛋沒兩樣，他說如果我們提高價格，他願意用更高的價格批貨。所有人都在詢問批貨的事，有些甚至願意預付。」

您可能還記得，在經濟重建的一開始，我們國家相當流行通俗廉價的商品，舉凡塑膠夾、海報和裸女月曆都很暢銷，所有人都為之瘋狂。在這樣的時空背景下，我們的產品理所當然就成了超級新星。不過，畢竟這項產品都推出半年了，需求卻突然到了狂熱的地步。一定有什麼事，然而是什麼呢？

原來，前一天傍晚，國際事務專家茨維托夫在中央電視台提到日本，他說「日本人是足智多謀的民族」。他接著展示日本的壓力指示器，那正巧與我們的產品類似。我才體會到廣告有如此魔力，也知道什麼叫走運！

我們的員工開始採每日三班制，在家包裝、切割並完成產品。收入穩定成長後，公司買了小遊艇，我還決定要為農業開發播種機。公司甚至租了大型客輪，要到極北地區出差、商務考察。

14 破壞的力量

經營第一家自創的公司時，我在實務中瞭解到人際關係的崩解、對彼此的偏狹，都會成為粉碎物質富裕的破壞力。後來我意識到，許多團隊的瓦解都是因為如此，一切可能起因於雞毛蒜皮的小事。

我的第一家公司就發生過這種狀況，公司不只四分五裂，也毀了好幾個家庭。到現在我仍無法理解，該如何對抗這股自發出現又無法以常理判斷的力量！

這一切要從我決定購買一棟鄉間的莊園別墅開始。我將這件事交給身兼公司總務和採購的經理阿列克謝．米舒寧處理。他辦妥買賣的所有必要文件後，我去看了一下：很大的房子、五分之一公頃的土地、澡堂、車庫和溫室花園，還有好幾頭牛羊。老實說有點多餘，但米舒寧說地主要離開了，所以想盡快把這裡賣掉。牛飼料都有了，他也已經安排一位女工從村裡來擠牛奶。

我在一天後召開員工大會，宣布收購事宜，並解釋這棟別墅會用來接待客人、員工休憩和慶祝節日。所有人要一起添購傢俱、整修別墅並完善廚房設備。

佔公司半數的男性都表達熱烈支持，女性卻開始竊竊私語。爭端不知是誰開啟的，而我太太代表女性下了總結，說我和公司的男性越過了對待女性的所有既定禮節。

「我們在公司和你們做一樣的事，」她站出來說，「每天回到家要打掃煮飯、帶小孩，難道這些對你們來說還不夠嗎？你們現在還要我們在鄉間別墅裡做苦工、修理，之後更要服務、招待你們飲酒狂歡？」

事情變得一發不可收拾……我知道她們開始把私人的家庭及其他不滿情緒，發洩在公司的男性身上，因為其中一位女性大叫：「你們只顧著玩骨牌，盯著電視螢幕看。」但我們公司裡根本沒人會玩骨牌，是她擔任消防員的丈夫在玩，而且他不在我們這裡工作。公司員工的太太開始口無遮攔了，有個女人一時糊塗，對丈夫脫口說出：「你流汗和廉價香菸（他特別愛抽「普利瑪牌」）已經夠臭了，現在還要染上廄肥的臭味！」

現場鴉雀無聲，丈夫深深倒抽一口氣，脹紅著臉說：「我就要故意染上廄肥的臭味，好讓妳這個蕩婦不會靠近我。」

她受辱後哭了起來，其他女性安慰起她，她們也更加肆無忌憚，破口大罵各種難聽的字眼，就連我們的同仁熱尼亞．科帕科夫也遭殃。他曾發明許多提高生產效率的設備，維修所有損壞的物品，她們卻對他說：「我們這有一群發明家，但之後卻得花上整整一年幫他們打掃善後！」

話題更轉到了政治：「風頭都給戈巴契夫佔盡，但其實是妻子賴莎．馬克西莫芙娜替他決定所有事情。」

我宣布暫停會議，覺得大家都應該講點道理。休息後，所有人回到座位，外表看似平靜，內心卻緊張得很。我太太代表女性，故作鎮定地下了尖酸的結論：

「當然啦，如果你們想要鄉間別墅，請自便。不過在場不會有任何女性踏進那裡一步，也就是說那完全是你們的地方。不過，既然資金是大家共出，沒有我們的同意，你們也無權動用。為了補償我們，你們得給我們一台有司機的轎車，要特別提供家用。我們會輪流使用。」

「好啊，」男性這方發聲，「就讓妳們待在這喘不過氣來！我們什麼都可以給，只要妳們不出現在那就好！」

「他們會在鄉下找集體農莊的女人。」

「就讓他們找啊，反正那些女人遲早會走光的，誰需要啊！」

太太同樣在公司上班的男性這次都沒回家。那天是星期五，我們出發前往莊園。我們四處檢查，想出幾項修繕計畫。星期六，我們在澡堂裡生火，一名當地女子應米舒寧的要求前來擠牛奶，我們看著她怎麼做。一切都很愉悅，乳牛平靜不躁動，現在屬於我們了。那名女子向我們預告，說她沒辦法一直來擠奶，我們最好再找個人。

傍晚我們到澡堂洗澡，再自己準備晚餐。飯菜相當豐盛！米舒寧煎了魚，擺上啤酒和伏特加。大夥兒正要坐下來享用時，突然聽見「哞」的一聲。是乳牛。我們起身前往牛棚，發現擠奶時間到了，可是女工卻不在。我們八個男人就站在乳牛前，不知所措。

一般來說，大概沒有人可以解釋，人偶爾遇見動物時會發生什麼事吧。你每天過著正常的生活，從來不會對小動物稍加留意，但突然間家裡出現了小動物：小貓、小狗或其他動物，而你無意間對牠們產生了人的情感，像對小孩一樣。你既緊張又擔心，這感覺到底從何而來？也許，人類的始祖亞當在神交代他為所有生物命名後，他是帶著愛意看著牠們，為牠們取名。這份愛傳承了下來，深埋在我們的內心，時不時出現。是否真的如此，不得而知。

只是我們都對這頭乳牛產生了某種感覺，牠對我們一定也感受到了什麼。就因為這樣，才發生了這樣的事……

謝廖沙．霍朵科夫說：「呃，奶水好像要把乳頭撐破了，得想想辦法。」大家把矛頭指向米舒寧，問他為什麼要買下這頭牛！但同時又覺得賣掉很可惜──雖然只有短短一天時間，但我們已經將牠視為親人了。

乳牛用哀傷的眼神靜靜地看著我們，接著頭向我伸來並發出「哞」的一聲。乳牛哀求似地哞叫，我便向米舒寧說：「既然乳牛是你買的，最好由你立刻動手擠奶！」米舒寧很快就把擠奶桶拿過來，綁上擠奶女工留下來的領巾，翻過欄杆後向牛走近。他要我們不要離開，因為不知道會發生什麼事。乳牛讓他靠近擠奶，我們則給乳牛喝水、補充乾草，還放了麵包。米舒寧繼續擠奶，一開始擠得不順，牛奶只流出一點點，有時還會噴到桶子外，之後才漸入佳境。大概十五分鐘後，牛奶還在流，米舒寧無意間悄聲道：「我的汗要滴進去了。」

我們向大家收集手帕，讓謝廖沙爬過欄杆，替米舒寧擦去額頭的汗。謝廖沙蹲在旁邊看米舒寧擠奶，時不時幫他擦額頭。突然，我們聽到謝廖沙氣憤的耳語：

「你在幹什麼？你這樣會讓乳牛受傷！你右手擠得很好，左手卻只擠出三分之一，這樣會把牠的乳房弄歪的。」

「我的手指，」米舒寧喃喃自語，「左手指麻掉了，你快來幫忙。」

謝廖沙從另一邊靠近乳牛，接著兩人開始一起擠牛奶。

大約過了半小時後，或者更久，他們擠滿了一整桶牛奶。我們就在晚餐時品嚐現擠的牛奶，這絕對是我們一生中喝過最美味的牛奶了。

隔天一早，擠奶女工把我們叫醒，很驚訝地告訴我們，她剛試著要擠牛奶，但乳牛不知為何就是不讓她擠。我們所有人又前往牛棚，照著前晚的做法，牛奶也成功流出。

「那就這樣吧。」女工說，「既然乳牛喜歡你們，現在你們就可以自己擠了。乳牛經常這樣，會讓某些人靠近，而其他人不能。」

我們的乳牛看來十分挑剔。乳牛除了不讓我們雇用的女工靠近之外，每次擠奶時，還總是要我們站在牠的頭旁邊、餵牠並和牠聊天，擠奶更是要兩人一起。也就是說，每次擠牛奶都要三人一組，我們得安排三人一起，至少到我們把乳牛賣掉之前都會這樣。不過，乳牛很挑剔的傳言很快就傳開來，開始有買家前來，想試擠牛奶卻都不成功，所以都拒絕購買，即使價錢再低也一樣。其實，是我還多訂了一個條件：不能把牠殺來吃。

我們請來了一名獸醫，他告訴我們：

「各位，這種事很常發生。只要動物習慣了某個人，就會有一段時間不讓其他人靠近。你們何必要用這種方式照顧呢？」

他沒有給任何具體的建議，甚至還說乳牛懷孕了，也就是有孕在身。預產期快到的時候，我們得準備替牠接生。獸醫說了大概的時間，缺奶就是日子將近的跡象。

我們被迫要輪三班照顧，所以在莊園裡待一段時間，有時還得過夜。

我們太太不相信我們真的在處理乳牛的問題，她們說過絕不會踏進莊園一步，認為乳牛只是個藉口。公司的女性和太太完全失去了理智，開始出現低級的玩笑，其中曾嫌丈夫身上有臭味的女人說：「只有你們這些變態才會吸引變態的乳牛。」他回答：「就算一輩子幫不說話的乳牛擠奶，也總比聽妳瘋言瘋語好。」他之後便搬到莊園定居，後來離了婚，娶了一個有小孩的鄉村姑娘，成了不錯的農夫。

乳牛不再產奶了，我們按照獸醫的建議準備接生，但乳牛靠自己平安地生了小牛，是隻非常英俊的小公牛。我們請獸醫過來，他看了後說：「很好。什麼都不必做，牠自己都弄好了。現在只要保持清潔，好好餵食即可。」

不久後，我們替乳牛和小公牛找到了善良的飼主。我們有次想看看小公牛長得多麼英俊，發現乳牛也過得很好。我們到現在還是會想起牠，不知道牠記不記得我們。乳牛的事情處理妥當了，可是公司內部的和諧卻無法挽回。

因此，我將公司拆分後成立了另一間公司。我自己乘著租來的輪船，沿著鄂畢河往北航行，開始漫長的考察。我在旅程空檔也會替國內外的企業家安排商務考察。

經過這次之後，我了解到成功最重要的關鍵，原來是公司內部的相互理解，不只要相信自己的能力，也要信任每一個人。只要相信週遭的人，任何能力都會加倍。

15 賀寶芙企業家

剛到莫斯科伏努科沃機場時，我意識到錢包裡沒什麼錢，自己也沒有具體的行動計畫。我的公司員工和家人大概也無法應付債務，會被迫變賣公司的資產，這表示我不能向家裡求援。當然，要是我留在新西伯利亞，事情一定可以解決，但我這下就得每天專心處理公司的業務。然而，在泰加林發生這麼多事情，我也對阿納絲塔夏和自己許下承諾後，就不可能再回頭了。

我現在實在難以確定，自己的行為到底是受阿納絲塔夏的影響，還是我自己的意識或欲望使然。

我清楚知道自己破產了，但在同事間看過許多例子後，我知道此時絕對無法奢望親朋好友和前員工，因為所有人都會像躲瘟疫一樣躲你。也許，你在十年之間都是勝利者，但只要一個小小的錯誤，週遭的人就會開始鄙視你、無視你，很多知名的企業家都有這種遭遇。現在只能依靠自己，從看似無望的情況中找到出路。

我把裝有毛衣、幾件襯衫和一些小東西的包包丟在飯店後，開始在莫斯科街頭漫步，試著瞭解阿納絲塔夏對俄國企業家所說的話。

這次，我在莫斯科最先注意到的是賀寶芙商人的行為。穿著得體的人士在市中心的各地鐵站，口若懸河地向路人介紹工作機會，他們說：「能躋身外商公司」。許多路人被高薪、升遷機會的承諾吸引，但他們絕口不提「賀寶芙」三字，顯然是因為在《傳遞報》的求職頁底下，幾乎所有公告的最後都寫上「謝絕賀寶芙」。

不過，他們還是掛著「招募人才」的牌子，廣發「某間」外商公司的傳單，不斷說服路人參加面試。後來我發現，參加面試的人都受到了密集的思想改造，切中俄國中產階級最在意的兩點：第一、講師在台上滔滔不絕地解說，以個人和親戚的案例，宣稱自從有了外商賀寶芙，就得到許多神奇的療效。講師同時向台下未來的推銷員，暗示未來能做為大眾治病的善事。講師強調公司機制相當完善，不一定要是醫護人員，就算只是油漆或砌牆工人，只要上過兩三堂課，都能向生病的客戶提供諮詢。

第二、他們不斷以各種故事當例子，說明如何透過賀寶芙的推銷而致富。推銷員必須先自費購買至少一組商品，找到客戶後以口頭方式推銷賀寶芙產品的神奇功效，再以更高的價格賣出。同一時間，必須找到更多新推銷員，每吸收一名就能從中抽成。只要下線越多，層級就會越高，也可以累積更多資金，到最後甚至不用自己經手推銷。

身為企業家的我馬上就明白，錢雖如黃金雨般傾洩而下，卻都落在金字塔頂端與週遭同伴上。整條長長的推銷鏈分成多個所謂的層級，運作全靠各層級標高售價，最後再全部由最末端——相信產品有神奇功效的消費者——買單。

價格有時會提高十二倍之多！為數眾多的推銷員憑著一張嘴，舉出自身成功的案例，說服俄國人相信賀寶芙的神奇功效，讓推銷體制得以不斷運作。在這個體制之下，甚至連爐子的灰燼都能販售。倘若有人表示灰燼沒有效用，他們就會聲稱消費者未確實依照指示或特殊方法使用。

這種體制在我國尤其見效，因為我們總認為口耳相傳才能獲得可靠的資訊，而不去相信官方管道。

討論賀寶芙對人體是好是壞其實沒有意義，這得講上很久的時間。只有一件事我相當肯定：推銷員在談論自家產品的功效時總是特別激昂，但只要發現你身上沒有賺頭時，這份激昂便會隨之消失。這時就會聽到很多反例，像是「這種垃圾東西！」

這樣的推銷體制是由西方發明並管理，引誘著許多失業的俄國人，但這並不是我們俄國的企業。接下來我要再講另一項西方商人的噱頭。

16 到夏威夷免費渡假

走在人來人往的莫斯科裡，有位舉止優雅、偶爾帶著口音的年輕人請你留步，彬彬有禮地請你參加某個外商公司的發表會。你將會有保留席，還可以免費參加抽獎，有機會贏得金錶或免費的夏威夷之旅。你大可放心，旅程真的免費，但不要忘了俗話說得好：「只有捕鼠器上會有免費的起士」。

不難理解這種捕鼠器是怎麼運作的。

其實，你「免費」獲得的是住在豪華別墅的機會。你在抵達之後，會發現實際雖然與傳單的照片相符，但機票、餐飲及其他服務都得自費。

住了幾天後，你就會發現這種「免費住宿」，比起完全自費到價格相近的渡假村還貴上許多。背後的道理很簡單：你免費住宿的費用全都轉嫁到一系列的服務與餐飲上。除此之外，這些費用會用來支付街上年輕仲介的薪水、所謂「免費」的發表會、發給你的傳單，也變成了公司的利潤。

當然，這對有錢人來說不算什麼，大概只會有被愚弄的不快感。可怕的是，我們財產不多的俄國中產階級，為了渡假存了整整一年的錢，最後卻落入此等騙局。他們選擇不去探望母親，不去國內其他渡假村，而是把積蓄都給了國外這些「聰明人」，自己像個笨蛋一樣，在專為笨蛋設計的別墅裡待上兩個禮拜。

各位海外的先生，你們怎能這樣不尊重我們？我看著滿是舶來品的販賣亭，就連水也是進口的。這讓我想起自己的輪船上也是一樣，但那時從未細想背後有什麼涵義。我在廣播上聽到品質可疑的雞腿已流遍全國，市面上還有標榜有益健康且富含礦物質的精美瓶裝水，其實根本就是自來水，還添加了可疑的物質。我看到不計其數的招牌寫著吃熱狗提神，乍看還以為整個莫斯科和俄羅斯都把這種橡膠香腸當成國民料理。那時我心裡想著，為什麼我以前從未注意過呢？

我還記得在經濟重建之初，我們是如何畢恭畢敬地接見外商，安排他們坐上我的輪船，沿著鄂畢河進行商務考察；還有西伯利亞的企業家盡一切所能幫忙招待。當然不能對外商以偏概全，但我們最後到底獲得了什麼？
所以啊，俄羅斯的企業家，你們又在哪裡呢？你們才是應該讓我們國家富強的人呀！

17 經濟重建之初

經濟重建之初，政府頒布了第一條有關「蘇聯合作組織」的法令，彷彿是在鼓勵大家採取行動。許多年輕人，還有不怎麼年輕卻生龍活虎的人，想真的為自己和國家做點什麼，一副要上戰場的樣子。然而，他們很快就發現自己身處不友善的人群之中，旁人大喊著：「打倒他們，這些無恥的資產階級！我們的努力到底是為了什麼」？儘管首批企業家大多都不分晝夜地勞動，付出大量的精力，更展現聰明才智，冒著可能失敗的風險，卻從來沒有人對他們說過「謝謝」。就連最微不足道的扶持，也僅能依靠彼此之間的聯繫與互動。當時，我腦中憑空（真的是靈光一閃）出現了成立「蘇聯合作組織聯盟」的想法，我和阿爾喬姆．塔拉索夫（俄國知名企業家）等人號召，共同組織了這個由首批企業家組成的聯盟。

當時我們大部分都是共產黨員。在第一屆企業家大會上，我獲選為黨小組秘書。我試著向蘇共中央委員會的督導科洛索夫斯基解釋：在這種人人喊打的氛圍之下，企業家真的是舉步維艱，因此需要他們道義上的支持。然而，我很快就意識到，我們要面對的不只有老百姓的敵意，還有大小官員的騷擾。中央委員會的高層因為害怕失去民心，不可能公開聲援我們，況且他們的權力早就大不如前（顯然內部已開始爭權奪利）。

政府對企業家的徵稅越來越嚴苛，現今根本沒有公司（或許只有少數例外吧）在守法繳稅後，還能維持公司的正常營運。因此，很多公司會巧立各種名目逃稅，但這樣又掉入了更危險的情勢——違法。企業家一次又一次解釋，現行稅制在各方面都相當荒謬而註定失敗。這種稅制理所當然不會成功，因為制訂者比所有人都明白（這只是我個人猜測），要繳清稅金簡直是天方夜譚。不過，他們就是故意如此，為了什麼？為了權力！為了敲竹槓！

任何公司只要一露出馬腳，就可能馬上遭到稅務機關或警察取締，最終被弄得灰飛煙滅。

我覺得自己對不住重建時期的首批企業家，以及俄國現在的商人，所以決定在能力範圍之內，為他們做點什麼。我去了一趟「俄羅斯企業家與合作組織聯盟」（主席原先是我們在重建之初選出的季洪諾夫——列寧全蘇農業科學院院士）。聯盟主席團的本部還在，但很多辦公室都已人去樓空。季洪諾夫在一年半前去世。接著我又得知，俄羅斯商業圓桌會議的主席伊凡．奇威里季和秘書在半年前慘遭毒害。塔拉索夫離開了聯盟，成員數量也隨之銳減。

還好聯盟僅剩的三位人員之中有人認識我，所以應我要求提供了一間辦公室，裡頭配備兩支電話、一部電腦和傳真機。聯盟已經沒有活動籌辦的經費，因此什麼都必須自己來。為了節省時間和飯店費用，我甚至就在辦公室裡過夜，早上六點在清潔工進門時起床。辦公室裡沒有電視，讓我可以工作到半夜。從舒適的艙房（船上只要一通電話，就會有人送上各種餐飲），到不適合居住的辦公室，這樣的生活條件劇變完全沒有難倒我，反而讓我更能專心工作。

我反覆思量後草擬了企業家結社的章程，並且寫了一封封號召信，利用不會忙線的早晨傳真至各家企業。我透過報紙廣告與隨機拜訪等多種途徑，在莫斯科的各行各業中找到了幾位認同企業家結社精神的秘書，其中包括三位莫斯科的大學生。一開始安東．尼古拉伊金先來，原本是要修理壞掉的電腦，但在得知結社的工作後，也把朋友帶來了——阿爾喬姆．謝謬諾夫和阿列克謝．諾維奇科夫。他們開始編寫電子版《俄羅斯黃金名冊》，製作高專業水準的電腦程式。

18 俄羅斯企業家結社

成立結社的宗旨在於，凡在俄國市場耕耘一年以上的企業家均可入會，會員不僅要和彼此建立互信的合作關係，還要真誠對待服務的對象，以及內部的全體同仁。很多社會團體都曾試圖勸退我，直說企業家對各類協會已經不感興趣，既不相信也不熱衷，而且現在幾乎沒有只要少許會費就能輕鬆加入的組織了。他們更向我表示，入會時強調企業家人格和企業道德的提升，這樣的想法實在荒唐。

我的舊識塔拉索夫得知我人在莫斯科，並瞭解我的計畫之後，決定參加其中一場「圓桌會議」。他加入了文件撰寫的行列，親自寫信號召俄國的企業家。他更拿出數千元製作精美的文宣，準備在小型企業代表大會上發放。

然而，大會的主辦單位決議不讓我們發放結社的文宣，想必是害怕來自我方的競爭吧。於是，幾位秘書和學生站在俄羅斯飯店的門口附近，試圖將文宣資料夾發送給各代表。他們不畏寒冷地堅守崗位，警察卻認為他們在進行不法交易而進行驅離。最後，塔拉索夫還是把文宣資料夾帶進了克里姆林宮，只可惜帶的數量不多。

我們滿心期待的行動落空了，組織結社幾乎成為遙不可及的目標。我們遇到了難關，只有一成的收件者認同我們的理念。因此，如果要讓全國各地的企業家瞭解結社的組織行動、宗旨和架構，就得耗費大量的印刷費與郵資，可是我們沒有這麼多錢。

聯盟因為沒有其他收入來源，所以得將收到的部分會費挪用為辦公室租金。而且，聯盟看到我們遇到阻礙後，竟無視當初企業家的會費是以結社的名義收取，就擅自中斷了結社組織的預算。聯盟把企業家的會費都花在總務支出，接著又開始遲發結社秘書的薪水。最後我不得不離開聯盟，將第二台電腦留在原處，那是用結社企業家的資金購入的。

「怎麼會這樣？」學生百思不解（許多電腦程式可都是他們自費完成），「按照這個社會團體的組織章程，我們在做的工作本應是他們該完成的，現在他們卻把我們當成租戶，將企業家視如敝屣。」聯盟則對此表示：「你們得繳交租金」。

我和剩下的幾位秘書想繼續企業家聯盟的工作，情況卻再度重演。

在我認識幾位社會團體的領袖後，我驚覺這些團體都空有名稱，卻沒有任何會員，形同

「沙發政黨」[4]，只顧著領導層的需求利益。雖然巴什瑪奇尼科夫帶領的地主佃農協會並不屬於此類（或許還有其他例外），不過當時的團體多是如此。

即使到現在，俄羅斯也沒有集結大量企業家的社會團體，只有像是「沙發政黨」的團體。為什麼會這樣？在眾多原因當中，我認為應該是會費的不記名制。領導層基於某種原因成立後，開始代表各企業家決策，過程卻未向多數人諮詢。

我離開協會之後，沒有任何通訊設備，更沒有錢可以生活，塔拉索夫也早已遷居倫敦。他先前曾試圖競選俄國總統，光收集連署書就花了數百萬盧布之多，卻遭到中選會剔除大半連署書，讓他不得不轉而修補個人財物損失。

在秘書處工作的當地居民，也因為虧欠薪水而被迫辭職了。只剩下我一人。準確來說，是我覺得只剩下我一人，因為還有那三名當地大學生留下。

4　一九九〇年二月修正蘇聯憲法後，共產黨不再一黨獨大，造成政黨如雨後春筍般冒出，莫斯科光在一年內就出現兩百多個登記政黨。然而，多數政黨人數屈指可數，被戲稱只要一張沙發就可坐滿所有黨員的「沙發政黨」，幾乎無任何政治影響力，不過幾年便漸漸凋零、消失。

安東、阿爾喬姆和遼沙[5]不打算半途而廢，安東替我租了一間套房，用自己存來休假用的錢按月支付房租。他們願意等我，希望我能在當前的狀況中找到出路，繼續創立結社的工作。身陷其中的他們仍相信這個理想，可是我眼前卻只見到一條死巷。

就在這個時刻，新西伯利亞傳來了一個消息。

5 阿列克謝．諾維奇科夫的暱稱。

19 朝向自殺之路

有天晚上，一個從新西伯利亞出差到莫斯科的人來找我，他帶了一瓶伏特加和一些小菜。我們坐在我租的套房廚房裡，他把我家裡和公司的情況告訴我。

情況很慘，我的公司因為付不起租金，被迫放棄市中心的其中一間辦公室。賣汽車零件的店也收起來了，員工試著改賣鞋子，結果增加了更多債務。我得扛起全部的責任。

「你人卻在這裡，不曉得在幹嘛。很多人都說你瘋了。你要一頭栽進這種只有天曉得你在幹嘛的事情之前，最起碼要先把公司整頓好，那裡已經沒有人要相信你了。」

我們喝光整瓶酒後，他問我：

「你要我老實告訴你，我認為大家對你還有什麼期望嗎？」

「說吧。」我回答。

「希望你去自殺或是永遠消失。你自己想想吧。今天只要沒有創業資金就什麼也幹不起來，而你現在別說沒有創業資金了，連餵飽自己都沒辦法，還積了一屁股債，成功脫離這種困境的例子一個也沒有。不過只要你死了，一切都會隨著你的死煙消雲散，大家還可以瓜分你遺留的財產。你太太說你獅子座，命盤顯示你一生揮霍，最終死於貧困。你做第二次的商業考察到底是為什麼？沒有人想得通。」

儘管我們都喝得爛醉，隔天一早起來，我還是能清楚記得這段對話，他的理由具有相當的說服力。在新西伯利亞走投無路，在莫斯科這裡也走投無路。跟我一起工作的人在受苦，我的家人也在受苦。我沒有辦法挽救，因為我找不到出路。可能只有我的死能終結這些痛苦。當然，自殺不是件好事。但是按照事情發展的邏輯看來：我自殺能減輕其他人的負擔，如果真是如此，那麼他說得對，我沒有權利活下去。我下定決心自殺。這個念頭甚至讓我平靜下來，再也不用掙扎著尋找脫困的出路了，因為我已經認定死亡就是唯一的出路。

我稍微收拾一下房間，留了紙條告訴房東太太我走了，不會回來。我決定去工會把文件整理好，就算不是現在，以後也說不定有人會接下去這份工作。只是我連買毒藥的錢都沒有，要用什麼方法自殺？後來我想到：要讓人看不出來是自殺，我可以假裝去游泳。假裝自己是那些敢在冰天雪地裡冬泳的人，潛到洞裡，然後溺死在裡面。我出發了，但是在普希金地鐵站的通道裡，我突然聽見了熟悉的旋律。兩個女孩在拉提琴，她們前面放了打開的琴盒，路人會往裡頭丟錢。很多音樂家會像這樣在地鐵賺點小錢，不過這兩個女孩，她們的提琴，在人來人往的喧鬧聲與列車行駛的隆隆聲中飄揚的旋律，讓很多人放慢了腳步。我也瞬間停下腳步。小提琴的弓正拉著……阿納絲塔夏在森林裡哼唱的旋律。

當時我在森林裡請阿納絲塔夏唱一首她自己的歌，一首我沒聽過的歌，於是我聽到這首獨特、奇妙、迷人、沒有歌詞的歌。一開頭，阿納絲塔夏發出初生嬰兒般的啼叫，接著轉為細柔親暱的聲音。她站在樹下，雙手貼在胸前，像是在用歌聲呵護、撫慰著小小的嬰兒，並訴說些什麼。這無比溫柔的歌聲使周圍的一切都靜下來仔細地聆聽。接著阿納絲塔夏彷彿因為小嬰兒醒過來而欣喜，音調隨著喜悅高升，驚人的高音流暢地盤旋而上，直入天際，填滿每個角落，使周圍的一切洋溢著喜悅之情……

我問這兩個女孩：「妳們剛剛演奏的是？」

她們互看一眼，其中一個女孩說：「我剛才是即興。」

另一個女孩接著說：「我中間加進來，跟著她一起即興。」

在這裡，莫斯科，全心全意組織友善企業家結社的我，已把這當成我生命此刻最重要的目標，很少想起阿納絲塔夏。卻在我生命的最後一天，彷彿訣別一般，她使我想起了她的存在。

「請再演奏一次跟剛剛一樣的東西，拜託。」我要求這兩個女孩。

「我們試試看。」較年長的回答。

我站在地鐵的通道裡聽著令人陶醉的小提琴聲，回想起泰加林的林間空地，想著：「阿納絲塔夏！阿納絲塔夏！要完成妳在真實生活中設想的一切真是太難了。做夢是一回事，把夢想化為具體現實又是另一回事啊。妳擬的計畫不對。組織友善企業家結社、寫書……」

我感覺被電擊中，一再重複這句話，感覺有什麼地方不太對勁，哪裡出錯了。回到泰加林……泰加林……這句話在那裡講起來好像不太一樣，可是……怎麼個不一樣呢？我繼續重複，把句子內容對調一下，變成：「寫書、組織友善企業家結社。」

啊，當然！要先寫好書才行。這本書理應可以解決我所有的問題，更重要的是，可以把結社的訊息傳遞出去！哎，已經浪費了多少時間，還把自己的人生搞得這麼複雜。好了沒關係，我會馬上行動，至少現在該怎麼行動很清楚了。當然對一個不會寫書的人來說，寫一本書，而且還要有人願意讀，是很困難的任務。但阿納絲塔夏相信會成功，她一直說服我寫。好吧，試試看，一定要試試看，堅持到最後才知道！

20 俄羅斯的鳴響雪松

我決定回去我租的套房。春天已輕撫著莫斯科。廚房只剩下半瓶葵花油和糖，需要補充食物，所以我決定把我冬天戴的貂皮帽賣掉。那是真皮，不是仿的，所以很貴。當然現在戴已經過時了，但至少能替我換來一點東西，我一邊想著，一邊走向莫斯科為數眾多的其中一個市場。我來到賣水果和雜貨的攤位，他們看了看帽子，沒有急著要買的意思。就在我決定要降價的時候，迎面走來兩個男人，他們拿起帽子翻來翻去，檢視上面的毛皮。

「試戴一下，你去跟誰要個鏡子。」其中一個對他的夥伴說，並建議我們到旁邊等。我們走到這排攤位盡頭的一個小角落，等他朋友拿鏡子過來。沒多久，他卻從我背後悄悄地出現，往我後腦送上一拳，我立刻眼冒金星，眼前一片模糊。我勉強靠著欄杆沒有倒下，等我站穩，我的顧客早就不見了，帽子也是。只有兩名婦女在一旁嘆氣表示同情：

「您還好嗎？這些畜牲。您坐一下吧，這兒有個箱子。」

我靠著欄杆再站了一陣子，才慢慢地離開市場。天空下著春天的毛毛細雨，我在馬路邊停下來，好看清楚左右來車，準備過馬路。我的頭痛得嗡嗡作響。一台車在我打哈欠時近距離開過，濺起地上的泥水，弄得我整個褲子外套都是。正當我思考該怎麼辦，還沒移動半步時，一台卡車又濺起相同的水花，這一次甚至濺得我滿臉都是。我遠離路邊，移到攤位的遮篷下躲雨，想著接下來怎麼做才好。

我這副模樣，他們當然不會讓我進地鐵。距離我住的地方有三站，可以用走的，可是依我這副模樣，警察會把我當成醉漢、流浪漢或可疑份子攔下來，還要在他們問話時辯解自己的清白。我又可以對他們說什麼呢？我現在到底是誰？

就在這時候，我看見一個男人。

他慢慢地走著，手裡拿著兩箱空瓶子，看起來就是個經常出現在攤販四周、酒不離身的流浪漢或酒鬼。我們四眼相對，他停下來，把瓶子放在柏油路上開始對我說話。

「你在那裡看什麼？這裡是我的地盤，走開。」他用冷靜但毫不退讓的口氣對我說。我一點也不想，也沒力氣回嘴或爭辯，我說：

「我沒有要搶你地盤。等我差不多可以走了，我馬上就會離開。」

不過他繼續跟我說話：

「要去哪？」

「不關你的事，我走就對了。」

「你走得到嗎？」

「走得到，只要沒人礙著我。別過來。」

「你這樣子，站不了多久，也走不了多遠。」

「干你什麼事？」

「流落街頭？」

「什麼？」

「啊，新來的。好吧，就讓你暫時在這歇一會兒。」

他拿起箱子走開了。回來時手裡拿著一包東西，又開始跟我說話：

「跟我來。」

「去哪裡？」

「在我那兒待個三小時左右，或者待到早上，等你乾了，你再上路。」

我跟在他後頭，問他：

「你的房子離這裡很遠嗎？」

他頭也不回地回答：

「我的房子，你就算走一輩子也走不到。我的房子不在這，不過有我的秘密基地。」

我們走到一棟大樓的地下室門口，他叫我在旁邊把風，等到附近都沒有居民了，便用一個像鑰匙的東西把門給打開。

地下室比外頭溫暖。熱水輸送管線外面包的隔熱層被刻意拆掉了——大概是某個流浪漢拆的——所以特別溫暖。其中一個角落堆了一些破布，一絲光線從佈滿灰塵的窗戶照進來，落在上頭。我們走向另一個較遠的空曠角落。

他從手裡那包東西拿出熱水瓶，打開蓋子含了一口水，像噴霧器一樣朝四面八方噴水。他解釋說：「這樣灰塵才不會到處亂飛。」

接著他移開立在角落的一塊木板，從牆壁夾層取出兩片用大塑膠膜包起來的夾板，和一些同樣用塑膠膜包起來的厚紙板，在地板上鋪好兩個自製床板。他從角落拿了一個空罐頭，點燃裡面的蠟燭。罐頭蓋是乾淨的，開到一半，微凹成一個半圓形，形成反光鏡。這小小的設備照亮了甲板邊緣，和甲板之間半米的空間，他就在這空間鋪了一張報紙，隨後從他那包東西裡面取出一塊起司、麵包、兩盒優格。他細心地切著起司，說：

「還站著幹嘛？坐啊，把外套脫下來放在管子上，乾了以後就可以清理乾淨了。我有刷子。褲子就穿在身上讓它乾吧，別用得太皺。」

他同時拿出兩個封起來的一百公克伏特加杯，我們坐下來吃晚餐。整個地下室都是灰塵，他剛剛打理過的這個角落，卻很乾淨舒適。

我們舉杯敬酒時，他自我介紹：

「叫我伊萬吧，這裡不加父名。」

雖然地下室裡滿是灰塵，但他自製床板、把食物整齊鋪在報紙上的熟練動作，在這個地下室的角落營造出乾淨舒適的氛圍。

「你有什麼比較軟的東西可以墊嗎？」吃過晚餐後我問。

「這裡不能放布，布會髒掉然後開始發臭。那個角落的鄰居……他們有兩個人，有時候會出現，那裡被他們那些布搞得又髒又噁心。」

一邊和他說話，一邊回答他的問題，不知不覺，我開始跟他講起遇到阿納絲塔夏的事，講起她的生活方式和特殊能力，講起她的光線、她的夢想，和她渴望實現的理想。

他是第一個聽我講阿納絲塔夏的人！我也不知道為什麼要跟他聊阿納絲塔夏的奇特之處，為什麼要告訴他阿納絲塔夏的夢想，還有我是如何承諾要幫助她的。我試圖以純淨的立意組織企業家結社，結果我錯了，我應該先寫書。

「所以現在我要開始寫書，並且想辦法出版。阿納絲塔夏說必須先有那本書。」

「你確定你寫得出來，而且沒有錢也能出版？」

「我連自己確不確定都不知道，總之我會朝那方向努力。」

「也就是說，有這樣一個目標，而且你準備要達成這個目標？」

「沒錯。」

「然後你相信一定可以達成？」

「我必須試試看。」

「對……一本書……你需要很好的藝術家幫你設計封面，他必須用心設計，精準傳遞出這本書的思想和目的。沒錢怎麼請得起藝術家呢？」

「只好不請藝術家，也不特別設計封面了。」

「一定要好好做對這件事，搭配一個完全跟內容吻合的封面。要是我有圖畫紙和畫筆、顏料就好了，可惜這些東西現在都很貴。」

「你是藝術家？職業藝術家？」

「我是一名軍人，但我從小就愛畫畫。我參加過各種藝術性質的社團。後來，只要我一有零碎的時間，我都會拿來作畫，畫完了再送給朋友。」

「既然你無時無刻都想作畫，怎麼會讓自己成為軍人？」

「我的曾祖父是軍官，我的祖父和父親也是。我敬愛我的父親，我感覺到、也知道他期望我成為什麼，我盡力符合他的期望，並且升到了上校。」

「哪個單位？」

「主要是在蘇聯國安局（KGB），我從那退役的。」

「被裁還是被辭退？」

「我自己遞的辭呈，我再也受不了了。」

「受不了什麼？」

「你知道嗎，有這樣一首歌，歌詞是：『軍官，軍官，你的心臟是靶心。』」

「有人想謀殺你？想取你的性命？對你開槍復仇？」

「當軍官常常中槍，但軍官為了保護跟在後頭的人，永遠要往槍彈前進，不會去想自己的心臟被瞄準了，而且最致命的一擊通常來自背後——完全命中、在無聲無息中爆炸、直接對準心臟。」

「什麼意思？」

「還記得重建前的日子嗎……像是五月一日、十一月七日[6]這樣的國定假日，浩蕩的隊伍齊聲大喊：『勝利』、『榮耀』、『萬歲』……我和其他軍官——不只是國安局的——都因自己身為這群人的護衛盾牌感到光榮。保護這些人，就是大多數軍官生命的意義。

「後來重建、開放[7]，出現了其他口號。我們國安局軍官，變成豬狗不如的畜牲。我們成了劊子手，我們選錯了保護的對象。曾在紅色旗幟下列隊遊行的人群跳到別的旗幟下面，把我們列為罪人。

「我太太小我九歲，是個美麗的女人……我以前深愛著她……現在也是。她曾經以我為榮。我們有一個孩子，一個獨生子。也是人家說的老來得子。他現在十七歲了，一開始也深深以我為榮、尊敬我。

「這一切開始以後，我太太開始變得沉默，不願意直視我，開始因我感到羞恥。我遞了辭呈，找了一份工作，在商業銀行當警衛，把國安局的制服永遠藏起來。然而我太太和兒子始終沒有問出口的問題一直懸在半空中。沒有問出口的問題，是沒有辦法回答的。他們從報紙和電視螢幕上看到了答案，顯然我們這些軍官除了享受夏屋和武力鎮壓，什麼事也沒做。」

「不過電視裡上級軍官的奢華夏屋都是真的，不是造假的圖片。」

「沒錯，是真的，不是圖片。許多人會指控這些夏屋的主人，然而這樣的夏屋，跟指控者今天所擁有的比起來，不過是可憐又寒酸的雞舍。你有豪華郵輪，那可比將軍的夏屋多得多，然而一個將軍得先進軍校、挖壕溝，再成為中尉、從一個軍營搬到另一個軍營。他就跟其他人一樣，為了孩子，希望能擁有夏屋，擁有房子。誰又會想到有多少個夜晚，他得從夏屋溫暖的被窩裡跳出來，進入備戰狀態。

6 分別為五一勞動節和十月革命紀念日，但在蘇聯解體後都一度停辦盛大的遊行活動。

7 戈巴契夫在一九八五年提出的改革開放政策，使人民獲得更大程度的言論自由。

「過去的俄羅斯器重軍官，給他們分配了大量土地，現在卻認為一個夏屋附帶一千五百平方公尺的地對一個將軍來說太多了！」

「以前的生活跟現在不一樣。」

「再也不一樣了……但……矛頭第一個指向軍官。

「軍官進入參議廣場，為人民著想，後來卻被處以絞刑，丟到西伯利亞的礦坑。沒有人為他們挺身而出。

「為了沙皇，為了祖國，在戰壕裡奮力對抗德軍。革命愛國主義者卻在沙場後方準備好比鉛彈更可怕的槍彈，瞄準他們的心臟，等著他們回家。『殘忍的白軍』——從戰場返回、試圖建立秩序的軍官被冠上這樣的稱號。到處混亂崩壞，過去的價值——物質和精神的價值——被焚燒、踐踏。對那些軍官而言，是極為艱難的時期，於是他們走出去，穿好整潔的襯衣、套上制服，進行心理攻防戰。心理攻防戰是什麼，你知道嗎？」

「電影裡看過，一種嚇唬敵人的戰術。電影《夏伯陽》（Chapaev）裡面，機關槍掃射列隊前進的白軍，一些軍官倒下後，隊伍又重整成新的隊形，向前進攻。」

「沒錯，倒下後繼續前進。只不過，他們並沒有進行攻擊。」

「那為什麼繼續前進？」

「軍事演練上，任何攻擊都要以我方損失最低的前提下，擄獲或殲滅敵人。進入槍林彈雨、佔領對方壕溝，這些只有在你有意識或下意識為了達成別的目的，才有可能進行。」

「什麼目的？」

「也許，以違逆軍事法則、賠上自己性命的舉動，要射擊手停下來去思考，去理解，而非射殺這些列隊前進的人。」

「那麼，他們的死，不就類似耶穌基督被釘上十字架？」

「類似，但一般人多少都還記得耶穌基督，這些列隊前進的軍官及年紀尚輕的號角手，卻被世人遺忘。也許他們穿著整潔襯衣、套著軍官制服的靈魂，依然踏步迎向我們射出的子彈，向我們呼喊，要我們停止，仔細思考。」

「為何向我們呼喊？他們中彈時我們甚至還沒出生。」

「我們當時還沒出生。但是今天，子彈還在飛著。發射這些新子彈的，不是我們，還會有誰？」

「確實是。子彈到今天還在飛，都這麼久了，怎麼還沒停下來？你為什麼離開家裡？」

「我再也忍受不了那種眼光。」

「哪種？」

「有天晚上我們在看電視。我太太在廚房，我兒子跟我在看電視。一個政論節目開始了，在談國安局，誇大抹黑得很明顯。我故意拿起報紙假裝在看，表現出對這節目沒興趣的樣子。我希望我兒子轉台，他對政治話題沒興趣，只愛音樂。但他沒轉，我把報紙弄出聲音，用眼角的餘光看他——我看見他坐在椅子上緊抓著扶手，抓到手失去血色，整個人一動也不動——我知道他沒有轉台的意思。我把臉埋在報紙後面盡量忍耐，直到我再也忍不住，我把報紙揉成一團丟到旁邊，跳起來大吼：『關掉！你關不關？』

「我兒子也跟著站起來，但他沒有走向電視，而是不發一語盯著我。電視繼續播……我兒子瞪著我。

「那天晚上我留下一張紙條，說：『我必須離開一段時間。』就永遠離開他們了。」

「為什麼永遠？」

「因為……」

我們倆靜默了很長一段時間。不過當我試著把自己在夾板上弄得舒服點準備睡覺時，他又開口說話了。

「所以，阿納絲塔夏說要帶人穿越黑暗力量時光？『我會帶人穿越，然後畫下句點！』」

「沒錯她這樣說了，而且她相信自己可以做到。」

「她應該挑選出一支精銳部隊，我願意當她部隊裡的士兵。」

「什麼部隊？你沒搞懂。她不可能使用暴力，她想用其他方式影響別人，她要用她的光線。」

「我有一種感覺，我認為，她能做到。很多人都會想被她的光線溫暖，但只有少數人會了解，自己也必須動腦。阿納絲塔夏需要我們的幫忙。她只有一個人，連一個小小分隊也沒有。她召喚你，請求你，你卻窩在地下室，搞得跟流浪漢一樣，好一個企業家啊！」

「你也一樣，國安局長官，窩在這裡呢。」

「好了，睡吧，下士。」

「你的營房有點冷呢。」

「難免的。把身體捲起來，保住體溫。」

他爬起來，從夾層取出一個用塑膠袋包起來的東西，蓋在我身上。昏暗的燭光中，他大衣上的三個星星肩飾在我臉旁發亮。蓋上大衣身體變暖，我就這麼睡著了。睡夢中，我聽見在角落堆積破布的流浪漢們回來了，看我在這過夜，向上校勒索一瓶酒。他答應明天就給，但他們堅持現在給，還威脅他。上校移動了他的夾板小床，擺到我和這些流浪漢之間，說：

「想動他，先跨過我的屍體。」然後躺在他的夾板上，把我和流浪漢們隔開。一切又歸於平靜。我覺得溫暖又心安，直到上校搖我的肩膀我才醒來。

「起來了。起床。我們要離開這裡。」

從霧霧的地下室窗戶看出去，天空才剛開始出現些微光線。我從夾板坐起來，感到頭痛欲裂，呼吸困難。

「還很早，天都還沒亮呢。」

「再過一會兒就太遲了，他們混了粉末點燃棉花，老把戲了。再過一會兒我們就會窒息昏死過去。」

他拿著一支鐵撬之類的走向窗戶，開始扳動窗架。那些流浪漢已經把門從外面反鎖了。他把窗架挪開，打破玻璃，鑽到窗台上。地下室的窗口正對著一個被柵門蓋起來的水泥凹井。上校接著開始搖動柵門，想讓它脫離固定住的地方，但沒有成功。我靠著牆邊，頭還在暈。上校從窗戶破掉的地方探頭進來，向我下達指令：

「蹲低，底下煙霧比較少。盡量別動，吸氣吸小口一點。」

他用肩膀撞開柵門，將柵門推開後，把我拉了出來。

我們坐在地下室窗外的水泥地上，靜靜地吸著莫斯科清晨破曉前的空氣。暈眩感逐漸消退，開始有點冷了。我們倆各懷心事默默地坐著，然後我說：

「你的鄰居不是很友善，難道這裡歸他們管？」

「這裡每個人的事歸自已管。那是他們的手段，把無家可歸的人帶來這裡，跟他索討過夜費，要是不給，就在杯子裡摻東西，或是等他睡著用煙燻他，像對我們這樣。那人身上要是還有東西，就一次搜刮，把想要的全部拿走。」

「身為一名國安局軍官，你竟然就這樣眼睜睜看著一切發生。你大可揍他們一頓，讓這種事情消失。還是你只坐過辦公室，像個公務員，成天處理文件，連擒拿術也不會？」

「我需要在辦公室值勤，也需要在辦公室以外的地方執勤。會擒拿術是一回事，用上它又是另一回事。面對敵人是一回事，面對一般人又是另一回事，我有可能拿捏不準而施力過當。」

「你當他們一般人？你在這裡高談闊論的時候，他們正在搶劫，隨時都有可能殺人。」

「他們的確隨時都有可能殺人，但靠武力是制止不了他們的。」

「我們差點就死了，你還在講大道理。我們勉強逃過一劫，但不是每個人都能像我們這樣幸運。」

「嗯，不是每個人都能像我們這樣幸運……」

「既然你明白，為何光講大道理，不去行動？」

「我不能打人。我說了，我可能會拿捏不當。回你的基地吧，天已經亮了。」

我站起來和他握手告別。

走了幾步後，他從背後叫我：

「等等！回來一下。」

我朝著坐在水泥地上、無家可歸的上校走去。他頭低低地坐在那裡，沒有說話。

「你為什麼叫我？」我問。

過了一會兒，他說：「你確定可以？」

「可以。離這不遠，只有三個站，我走得到。」

「我是說，你可以達成你的目標嗎？確定嗎？寫一本書並且出版？」

「我馬上就要開始行動了，先寫寫看。」

「阿納絲塔夏說你可以？」

「她是這樣說的。」

「那你怎麼沒有馬上寫？」

「我認為另一件事比較重要。」

「意思是你沒有能力確實執行命令？」

「阿納絲塔夏沒有命令我，而是請求我。」

「她請求你……也就是她的戰略、策略都想好了，你卻擅作主張，把事情搞複雜了。」

「就是這樣。」

「就是這樣。下給你的命令，最好認真聽。來，拿去。」

他遞給我一個用小塑膠袋包起來的東西。我一翻開，看見塑膠袋裡裝著一枚結婚金戒和十字架銀鍊。

「人家會用半價跟你收購，就給他們半價吧，可能還夠你走下去。找不到地方住的話，回來這裡。我會應付他們……」

「你這是在做什麼？我不可能收下！」

「別說了。你該走了，走吧。注意！向前——走！」

「我說了不能拿！」

我想把戒指和鍊子還給他，卻對上他既是權威又是哀求的眼神。

「向後——轉，向前——看！齊步——走！」他壓低音量小聲地說，聲音裡沒有一點商量的餘地。過一陣子，已經遠在我後頭的他，傳來小聲的一句：「一定要辦到。」

回到住處以後，我想好好睡一覺或躺一下，卻一直想到流落街頭的上校。

我換上乾淨的衣服出門去找他，一路想著：「說不定他會願意搬過來和我一起住。沒有什麼是他適應不了的。他做人實際又乾淨俐落，還會畫畫，說不定可以幫我畫封面。而且我們兩個一起，比較有辦法賺些錢當房租，下個月我已經繳不出來了。」

等我走到我倆凌晨爬出來的地下室窗口附近，看見那裡圍了一群人——大樓住戶、警車、救護車。

流落街頭的上校眼睛閉著躺在地上，面帶微笑，全身被濕土弄得髒兮兮的，沒有生氣的手握著一片紅磚，一個破掉的木箱立在牆邊。

法醫在小本子上寫東西，他站在另一個臉孔扭曲、穿著破爛的屍體旁邊。

旁邊大概是大樓住戶的一小群人中，有個女士滔滔不絕地說著：

「……我遛狗時看到他——臉上掛著微笑的——站在箱子上，面對牆壁。然後他們，三個看起來像流浪漢的人，兩男一女，朝他背後走過來。其中一個男的把箱子用力一拉，害他摔倒在地上。他們開始用腳一直踢他、罵他，我朝他們大喊一聲，他們才沒有繼續打他。這個微笑的從地上爬起來，很勉強才站得起來。他叫他們走，永遠不要再出現在他眼前。他們又開始破口大罵，準備撲向他。就在他們靠他很近的時候，他突然一出手，就直接用手掌側邊擊中那個踢倒箱子的喉嚨。他連先握拳晃動一下、瞄準位置的動作都沒有，就打得那個人站不起來還一直咳嗽。我又對他們大叫，他們兩個立刻跑掉。那個女的先跑，另一個男的跟在她後面。這個微笑的抓著胸口。要是他心臟被打出了問題，應該先坐下或躺下才是，可是他走去箱子那裡。他腳步很慢地走過去，把箱子移到牆邊，扶著牆後站上去。情況很不妙，誰都看得出來。他開始往下滑，手裡拿著紅磚還在繼續畫，一直畫到倒地不起，最後他臉部朝上倒在牆邊。我跑過去一看，他已經沒了呼吸。他微笑著停止了呼吸。」

「他為什麼要站在箱子上？」我問這名女士。

「對啊，為何他心臟已經不堪負荷還要站上去？」旁邊也有人跟著問。

「他想繼續畫。那三個流浪漢偷偷從後面靠近他的時候，他正在畫畫。可能就是因為這樣才沒發現吧。我跟我的狗在外面散步很久了，他從頭到尾都站在箱子上面畫畫，一次都沒有回頭。在那裡，他的畫，高一點的地方。」她指向建築的磚牆。

房子的灰牆上有紅磚勾勒的線條，一個圓圈代表太陽，中間是雪松枝，沿著太陽弧線的邊緣，有一排歪斜的字。

我走近牆邊一看，是「俄羅斯的鳴響雪松」。還有幾道光線從太陽邊緣射出來，一共只有三條，無家可歸的上校來不及補上更多。兩條短線之後是彎彎曲曲、一路畫到牆底的第三條線，那裡躺著無家可歸的上校，他微笑著死去的身體。

我看著他帶著微笑、沾滿泥巴的臉，想著：「也許在他生命最後的一刻，阿納絲塔夏用光線碰觸了他的靈魂，溫暖了他。那多少讓他感覺溫暖了點，並且把他的靈魂帶進永恆無限的光裡面。」

我看著屍體被搬上車的過程。「我的」上校被漫不經心地扔上去，頭部碰撞著車底。我看了很不忍心。我把外套脫下來，跑過去車子旁邊，叫他們把我的外套墊在他的頭下。其中一個醫護人員罵了我，但另一個默默拿了外套，把它墊在上校斑白的頭髮下面。車子開走了，現場一片空蕩，彷彿什麼事也沒發生過。我站在那裡，看著被朝陽照亮的圖畫和上面的題字，心中百感交集。做些什麼，我一定要為他做些什麼，這個國安局長官，在這裡捐軀的俄羅斯軍官！但有什麼是我能做的呢？最後，我決定：「我會把你的圖放上我的封面，長官。我一定會寫好的，雖然我還不確定要怎麼寫，但我一定會寫的，而且不只一本。我要把你的圖放在每一本的封面上，當成標誌。我要在書裡向所有俄羅斯人呼籲：

「俄羅斯人，不要拿你殘酷無情的子彈、在無聲無息中爆炸的子彈，對著我們自己的軍官心臟發射！

「不要從背後射擊任何白軍、紅軍、藍軍、綠軍、准尉或將軍。從背後射擊的子彈比任何鉛彈還可怕。不要射我們自己的軍官，俄羅斯人！！！」

21 * * * * * * * * * * * * * *

我飛快地寫著。程式設計系的大學生，安東、阿爾喬姆、遼沙，三不五時會替我送來吃的。他們還不知道阿納絲塔夏是誰，不過我告訴他們這本我必須寫出來的書，可以解決我們組織結社的問題，他們馬上開始把手稿打進電腦，這工作大部分是遼沙在做。他每隔三天就會拿印好的稿子過來，再拿新的章節回去。這樣子持續了兩個月。

有天遼沙帶著打好的第一集最後一章、儲存全文的磁碟片、兩瓶啤酒、香腸跟其他吃的，還有一些錢，全部擺在廚房桌上。我驚訝地問他：

「遼沙你哪來這麼多東西？」

他跟媽媽住在一起，過著拮据的生活，連坐地鐵或買三明治的錢都常常不夠。

「期末考開始了，弗拉狄米爾．尼古拉耶維奇，」遼沙回答：「我幫幾個同學繪圖，還幫一些太懶或是根本不會的人寫程式。這些是我得到的酬勞。」

「期末考過得了嗎？」

「沒問題，我還剩下一科要考。兩天後，我就要被徵召入伍，去基涅什馬受訓一個月，幸好你已經把《阿納絲塔夏》寫完了。如果有什麼地方需要修改，可以交給阿爾喬姆，安東已經開始受訓了。」

「遼沙啊，你一下要幫別人繪圖，一下要幫別人寫程式，每天還要打字，把《阿納絲塔夏》印出來，怎麼有辦法準備考試？」

遼沙沒有回答。我轉過去把煎好的香腸送到桌上，遼沙已經把頭和手埋在桌上那疊按照《阿納絲塔夏》手稿打好的紙張裡睡著了……

22 揭開秘密

站在莫斯科小小一間套房的廚房裡，桌上是冷掉的香腸，和遼沙睡在一份跟阿納絲塔夏有關的書稿上，我對自己發誓：一定要想辦法籌到資金，把船租回來，照我第一次遇見阿納絲塔夏的路線航行。不過不是為了像以前那樣，去談生意。我會讓船在白夜時期出航，好讓大夥兒在最高級的船艙享受美好的假期，包括遼沙跟安東、阿爾喬姆，還有其他不顧一切混亂努力付出的人，他們為了成立合作社串連立意純淨的企業家，對自己的福利從不過問。

這到底是什麼樣的一個想法、為什麼大家都深深地被吸引？為什麼我也如此著迷？那裡面有什麼秘密？我一定要弄清楚，每一個環節我都要具體弄清楚，揭開裡頭的秘密和真實目的。為什麼一個森林隱士的夢想會這麼振奮人心？那裡面到底藏了什麼秘密？有什麼辦法能解開這個謎題？

莫斯科《真理報》的記者卡佳．加洛維娜想從學生口中問出這個答案：「什麼原因讓你們想要行動？你們感興趣的是哪個部分？」不過他們無法明確地回答，只說：「這件事值得我們去做。」可見他們也是照直覺行事。不過這份直覺裡頭，究竟包含了什麼？

23 ＊＊＊＊＊＊＊＊＊＊＊＊＊

第一本薄薄的、跟阿納絲塔夏有關的書，由莫斯科十一號印刷廠自費印了兩千本。這間印刷廠的廠長，葛魯恰．弗拉基米羅維奇．根納迪，為什麼會願意幫一個默默無名的作者印書？為什麼不畏財務艱難，仍選用高品質的膠印紙，而不用白報紙？

首版是我自己在塔甘卡地鐵站的出口附近賣的，之後開始有讀者幫我。多勃雷寧站附近，每天有一位老太太在賣書，她向每個走過來的人詳細介紹說，這是一本好書。為什麼？後來也有讀者開始在莫斯科近郊的度假中心賣書，他們自己做好宣傳，在那裡辦讀者分享會，讓度假的遊客報名參加。下兩千本的印刷費，莫斯科出版商結算所的商務經理，尤里．安納托利耶維奇．尼基京，突然決定先幫我出。他的行為真是古怪。

他開車過來告訴我：「我今天要跟兒子出國參加網球賽，傍晚的飛機，所以先來付錢。」

他付了再刷的錢。等到尼基京再過來拿書時，又跟我說：「其實我們夏天很少賣書，我先拿幾箱走，剩下的你自己賣，等有賺了再還。」

從我開始下筆的那一天起，直到現在，關於這本書，有太多的「為什麼」了。這本書好像有自己的生命，不停地將人拉到面前，再透過每個人，成功打進我們的生活。我曾經把這相關的一切當成巧合，但，這些巧合，卻組織成一連串有邏輯次序的巨大結構。現在的我，已經分不清，哪些是純屬巧合，哪些是在這結構中，依循著次序、承先啟後發生的事件。對我而言，已經很難區分開來。

24 斐奧多力神父

我終於有機會去見斐奧多力神父了。我還在森林的時候，問過阿納絲塔夏：「我們那裡有誰跟妳一樣，擁有這些能力和知識，但是住的地方離我們近一點？」阿納絲塔夏回答：「全世界各個角落，都有人過著非技術治理式的生活，他們擁有的能力都不太一樣。不過，你們那裡有一個人，不管冬天、夏天，要過去找他都不難。他的精神力量很高。」

「妳知道他住哪，我可以見到他、跟他說話嗎？」

「可以。」

「他是什麼人？」

「他是你的父親，弗拉狄米爾。」

「啊？唉，阿納絲塔夏啊，阿納絲塔夏……我多想聽到一些事實，好證明妳說的都是對的，但得到的卻是相反的結果。我父親十八年前就過世了，葬在布良斯克州的某個小鎮。」

阿納絲塔夏坐在草地上，靠著樹，抱著膝蓋，默默地看著我，神情難過、遺憾。她把頭低下去，靠在膝蓋上，我想她可能是因為說錯了我父親的事而氣餒，就安慰她說：

「阿納絲塔夏啊，別難過了，妳之所以說錯，可能是因為，就像妳說的，妳只剩下一點點的力量。」（這段對話是在她為了救那一男一女、失去知覺之後開始的，那次事件在第一集有提到。）

阿納絲塔夏有好一陣子都沒有說話，最後才又抬起頭，看著我說：

「我的力量確實變小了，但還不至於小到令我犯錯。」

她接著開始講起二十六年前的事。她鉅細靡遺地描繪這件往事的所有細節，連裡頭最細微的情緒變化都精準地呈現。

真的可以從非常細微的臉部表情、姿勢、眼神，察覺跟你說話的這個人正在想些什麼。不過她怎麼有辦法像在看紀錄片一樣看到過去，對我來說仍是個謎。

阿納絲塔夏自己也沒辦法用一般言語將這現象解釋清楚。

她說：「莫斯科附近有座聖三一修道院，座落在賽吉耶夫鎮上，厚實的古牆內，建有神學院、學院、幾間教堂、修院。教堂都是對外開放的，任何人只要想來，都可以來，進入這座俄羅斯的聖地祈禱。即使曾經歷教徒迫害的日子，神學院、學院、修院也不曾被破壞，裡頭仍奉行服侍上帝的儀式。

「二十六年前，我出生的那一天，一個少年走進聖三一修道院的大門，他參觀了博物館，接著到了大教堂。一個高大、灰髮的修道士在教堂裡佈道，位階和個子都很高，他就是斐奧多力神父——聖三一修道院的院長。少年聽完佈道，跟著離開的斐奧多力神父進入了寶庫。教堂裡的侍奉人員並沒有阻止這名少年。他跟上斐奧多力神父，向他談起佈道的內容。斐奧多力神父和他交談了很久。少年曾經受洗過，但沒有足夠的信仰，不曾進行齋戒，不曾領受聖餐，不固定上教堂，但是那一天，斐奧多力神父，展開了和少年之間的友誼。

「少年開始經常出現在修道院，斐奧多力神父會跟他講話，給他看一般教區居民不會有機會看到的聖物。這名修道士，送了一些書給少年，但全被少年弄丟了。這名修道士，掛了一條十字架在少年的脖子上，也被少年弄丟了。這名修道士，再給少年第二條鍊子，很特別的一條——十字架打開像一個精美的小匣子——還是被他弄丟了。這名修道士，還帶少年到食堂，讓他跟修道士們同桌，而且每一次，都會塞一點錢給他，從沒責備過他，並總是期待他的到來。

「就這樣持續了一年。少年每個禮拜都會出現在修道院，可是有一天他離開了，一個禮拜之後，沒有再回來。修道士在等他回來。然後一個月過去了，一年過去了，少年始終沒有回來。修道士在等他回來。現在，二十五年過去了，修道士等了二十五年，弗拉狄米爾，二十五年，你的屬靈父親——俄羅斯偉大的修道士——斐奧多力神父，一直在等你。」

「我當時去的地方離修道院很遠，我去了西伯利亞。但我有時候還是會想起斐奧多力神父。」我回答說，好像是在跟自己，還是跟誰辯解。

「可是你連一封信都沒有寫給他。」阿納絲塔夏點出。

「我想見他。」

「你要跟他說什麼呢？告訴他你怎麼賺錢、怎麼跟人墜入愛河、怎麼揮霍你的生命？告訴他你有多少次在鬼門關前走過，又僥倖地逃過一劫？他只要注視著你，就可以看到這一切。他不斷祈求赦免你的罪，他的禱告救了你好幾次。他仍然堅信不疑，就跟二十五年前一樣。他對你有不同的期望。」

「那是什麼，阿納絲塔夏？斐奧多力神父知道些什麼？他在期望什麼？」

「這部分我還不是很清楚，那是他的直覺。弗拉狄米爾，告訴我，你還記得你們之間的對話嗎？還記得在寶庫裡看到什麼嗎？」

「那是好久以前的事了，印象都很模糊。我只記得幾個片段。」

「試著回憶一下，我幫你。」

「斐奧多力神父每次跟我在修道院裡講話的地方都不一樣。我記得有幾次是在地下室，或半地下室的房間。我記得飯廳、長桌，修道士在長桌吃晚餐，我跟他們一起。那是某個齋戒期，只有齋戒時能吃的食物，但我喜歡。」

「你在修道院曾經感覺到什麼特別的感受嗎？」

「有次吃完晚餐，我經過修院的走廊，走到修道院的中庭，準備步出大門。大門已經關閉，不對教區居民開放，整個中庭都沒有人。鎮上的吵雜聲都被又高又厚的牆擋在外面，高聳的教堂包圍著我，四周一片寂靜。我停了下來，好像有莊嚴的樂聲揚起。我得離開了，負責值班的修道士已經站在大門旁邊，準備讓我出去，再把門閂帶上。但我還是站在那裡，聽那個音樂，過了一會兒我才慢慢走向大門。」

「後來都沒有再聽見那樣的音樂嗎？沒有過同樣的感受？」

「沒有。」

「你有沒有想過要再聽到那個音樂，再經歷一次那樣的感受？」

「有，可是沒辦法。我下次去的時候還刻意站在同樣的位置，可惜……」

「再回想一些其他的事情吧，弗拉狄米爾。」

「妳一直質問我，妳都可以把我二十六年前經歷過的事情講得那麼清楚了，不如妳來告訴我，我那時有些什麼感受。」

「不可能的。斐奧多力神父沒有特別安排什麼計畫，他直覺地懷抱著希望。他在你身上下了很大的工夫，對你做了很有意義的事，但是只有他自己清楚。我也只是直覺知道：他想得非常深遠，在這上面下了很多工夫，很多很多的工夫。但是，他為什麼要把希望寄託在完全無法在短時間內產生信仰的你身上，仍是個謎。他的信念為什麼不會因你二十五年的放浪生活而瓦解，也是個謎。為什麼你得到了這麼多，卻什麼也沒做？為什麼？我不懂。宇宙裡沒有什麼能消失得不留痕跡。請你再想想看，至少再回想幾個跟你這位父親有過的片段和對話吧。」

「我記得在神學院或宗教學院的一個大廳，還是寶庫，也有可能是修院地下室的某個房間。有一個修道士幫斐奧多力神父開了門，然後自己留在門外。我和斐奧多力神父一起走了進去，牆上有幾幅畫，架子裡擺了一些東西……」

「有東西讓你發出讚嘆，而且兩次。那是什麼？」

「發出讚嘆？喔，當然，那真的很讓我驚豔，我很讚嘆……」

「那是什麼？」

「一幅畫。黑白的，看起來是用鉛筆畫的，是一個非常寫實的人像。」

「那幅畫為什麼讓你這麼驚訝？」

「這我不記得了。」

「回想一下，弗拉狄米爾，拜託你再仔細回想一下。我幫你。一個小小的房間，你跟斐奧多力神父站在一幅畫前面，你比他還稍微往前一點。斐奧多力神父對你說：『靠這幅畫近一點，弗拉狄米爾。』你往前站了一步，又再一步……」

「我想起來了！阿納絲塔夏！」

「是什麼？」

「這幅畫像是一筆完成的。只用了一條像是在波動的螺旋線。感覺畫它的人拿了鉛筆，或其他畫畫的工具，從紙的正中間開始不間斷地畫著螺旋，有時稍微按壓讓線條變粗，有時只輕觸紙面讓線條變得很細，但從沒讓這條線中斷過。螺旋線條最後在紙的邊緣結束，變成一幅驚人的人像。」

「這幅畫應該展示出來，讓所有人看到。也許有人可以把裡面的訊息解讀出來。透過一條波動的螺旋線畫出來的人像，一定有什麼可以向世人顯示。」

「用什麼方法顯示？」

「我還不曉得。比方說，把點跟線當成字母或音符那樣。我只是這樣猜，說不定是其中一種，也說不定是別種方式。你回去的時候，請他們把畫公開展示出來，或是拿去別的地方展覽，一定有人可以解讀這條螺旋線。」

「誰會聽我的？」

「他們會聽你的。不過那天，你還有個非常特別的體驗。那是什麼，你還記得嗎？」

「不知道是同樣的房間，還是連出去的另外一個空間……對了，那是一個很小的空間，有一張雕刻得很精美的木椅放在高台上，可能是有扶手的，看起來像寶座。斐奧多力神父跟我就站在那張椅子前面。斐奧多力神父說，沒有人摸過它。」

「你卻摸了它，還坐在上面。」

「是斐奧多力神父自己要我這麼做的。」

「這時候發生了一件事。」

「什麼事也沒有。我坐在上面，看著斐奧多力神父，他就站在那裡靜靜地看著我而已。」

「拜託你想起來，弗拉狄米爾，回想你內在的感受，你內在的感受才是最重要的。」

「嗯，沒什麼特別……妳知道，不過就是一些思想很快在我腦海飛過，就像快轉的卡帶，聲音擠成一團，不知道在說什麼。」

「你有試過嗎？……弗拉狄米爾啊，你有沒有想過把那卷卡帶停下來，用正常的速度播放，好聽清楚裡頭在講什麼？」

「用什麼辦法？」

「思考生命的本質。」

「沒試過。聽不懂妳在講什麼。」

「斐奧多力神父對你說的話，你每句都聽得懂嗎？有沒有哪句你可以一字不漏地回想起來，就算聽起來跟前後都沒有關聯？」

「可以，但我真的想不起來他前後在講什麼。」

「他怎麼說？」

「『……你會讓他們看見……』」

一直坐在樹下的阿納絲塔夏突然站起來，臉在發光。她把手跟臉貼在樹幹上。

「是呀！當然了！」阿納絲塔夏大叫，拍手開心地說：

「你真是偉大！俄羅斯的修道士！弗拉狄米爾呀，關於斐奧多力神父，有一點我現在可以很肯定：他指出了一個重點，讓一般的真理開示、講道方式顯得可笑。」

「我們講的話都跟什麼真理開示沒關係。我們講的都是一些很普通的、日常生活的事情。」

「是呀！當然了！很普通的事情！斐奧多力神父聊的都是你生活周遭的事。他給你看一些聖物，帶著敬意看待這些聖物，而不是做一些浮誇、卑躬屈膝的崇拜。他的位階高，卻簡單樸實，最重要的是，他相當深思熟慮，也許特別是你在的時候。他一句教條也沒有，讓那些湧進俄羅斯、滿口教條、使人偏離重點的傳道者跟他相比，難道不顯得可笑？他讓教條遠離你，成功到讓你把我看成一個天真幼稚的隱士。我是誰不是重點，重點是，那使你不會跟最重要的東西失去連結。」

「什麼最重要的東西？」

「每個人內在都有的東西。」

「可是要是一個人根本沒聽過什麼西方的聖人、東方的聖人、印度和西藏的聖人，他要怎麼知道這些聖人傳授的道理？」

「就在每個人的裡面，弗拉狄米爾，所有重要的訊息，從一開始就在人裡面了。那是與生俱來的，就像手啊、腳啊、心臟、頭髮那樣。世上所有被傳授的真理、所有發現，都是取自這道泉源。偉大的造物者就像所有父母一樣，想給孩子全部，因此祂在一開始的時候就已經給了每一個人祂的全部。就算將任何後天人工製造出來──成千上萬的書、最先進最高科技的電腦，全部合起來，也容納不下一個人內在資訊的一部分，唯一需要知道的是怎麼去應用。」

「那怎麼不是每個人都能有所發現？怎麼不是每個人都能創立一套可以傳授的教義？」

「有些人從廣大完整的真理中取出了一小粒米，不停地讚嘆它、將它捧在掌心，認為這是只賦予他一人的恩賜，認為它就是一切真理的基礎。他不停地對他人宣揚這個部分，強迫他人接受這就是核心且唯一的真理，但這麼一來，他就關閉了他自己內在的完整資訊。能顯示出內在真理智慧的，不是口頭宣揚，而是生活方式。」

「那麼，最瞭解真理的人通常都過著什麼樣的生活？」

「幸福的生活！」

「但是瞭解真理必須提高覺察力和思想的純潔度。」

「真是不可思議！太神奇了！」阿納絲塔夏笑了起來，一邊笑一邊說：「你讀了我的心？」

「沒什麼好神奇的，就是對一個人保持高度的關注而已。妳不管講什麼，最後都會講到思想的純潔度和覺察力。」

「不可思議！不可思議！」阿納絲塔夏繼續笑著說同樣的話：「你讀了我的心，這真是太神奇了！」

聽到她這樣開懷大笑，我也忍不住跟著大笑。我接著問她：

「妳覺得怎麼樣，阿納絲塔夏，如果我去見我的屬靈父親——斐奧多力神父，他會願意見我嗎？他還會跟我說話嗎？會不會不高興見到我？」

「他當然會願意見你，而且很高興再看到你！你不管怎麼樣，他都會願意見你。不過要是你已經從你收到的訊息中體會出什麼，並用來做了一點事情，他會更高興。你會明白很多事情的，弗拉狄米爾，把快轉的卡帶停下來。」

「我的屬靈父親還在同一個修道院嗎？聖三一修道院？」

「你的屬靈父親，俄羅斯偉大的長者，現在住在一個森林裡的小修道院，就在聖三一修道院的附近。小修道院的院規比大修道院嚴格，你的屬靈父親是這間小修道院的院長。這間小修道院在一個森林裡面，一個異常美麗的地方。那裡只有幾棟小小的建築，附有隱修房。這間森林裡的小修道院，還有一座用木頭蓋的小教堂，沒有上色，圓頂也沒有鍍金，但是非常、非常地漂亮，非常舒適乾淨，有兩個暖爐。那裡不買、也不賣蠟燭，不像一般教堂。那裡什麼也不買，什麼也不賣，跟一般教堂很不一樣。那裡沒有被任何人、任何東西污染，教區的居民也不能進入。斐奧多力神父現在正在那座教堂祈禱，祈求能為你和所有人的靈魂帶來救贖。他正在為那些遺忘父母的孩子禱告，在為那些被孩子遺忘的父母禱告。去找他，向他鞠躬，請他饒恕你的罪，他的精神力量非常的大，也請代我向斐奧多力神父深深一鞠躬。」

「好，阿納絲塔夏……我會的……妳知道，我應該先試著完成妳要求我做的事情。」

* * *

我來到莫斯科近郊這個從前叫做札格爾斯克的賽吉耶夫小鎮，像二十七年前那樣，穿越大門，直接朝修院走去。以前只要自我介紹，很容易就能見到斐奧多力神父，但是現在，值班的修道士回答我說這裡的院長已經不是斐奧多力神父，斐奧多力神父住在修道院外的森林裡，那裡就不是教區居民可以進去的地方。我告訴這位修道士，斐奧多力神父認識我，跟我很熟，為了證明這點，我把斐奧多力神父在修道院裡給我看過的聖物講給他聽。他告訴我森林中小修道院的位置。當教堂出現在我的面前，我心裡莫名地激動。教堂異常的美麗，跟自然和諧地融為一體。不遠處有幾間修士的木房，連著幾條小徑通到教堂這裡。

斐奧多力神父跟我在這座森林教堂的木門廊上碰面，我腦袋一片空白……雖然我記得阿納絲塔夏說的話：「見到你父親時不要害羞，也別太驚訝。」心裡還是戰戰兢兢的。斐奧多力神父已經是個白髮蒼蒼的老人，但是他看起來沒有比二十七年前還要老。我們坐在森林教堂的門廊上，一句話都沒說。我想開口說些什麼，可是不知道有什麼好說的，感覺他什麼都知道了，說出來一點意義也沒有。好像我們上次碰面是在昨天，而不是二十七年前。

我準備了我那本關於阿納絲塔夏的書要給斐奧多力神父，但我還沒有拿出來。我拿給各種神職人員看過，有的人看了幾眼後說他不看這種書，有的人問起裡面的內容，聽我簡單介紹過後說阿納絲塔夏是異教徒。我不想讓斐奧多力神父不高興，也不想聽到他否定她。每次只要有人用不好的話批評阿納絲塔夏，我都會有一種抗拒的感覺。有一次甚至在救世主新修道院，跟那裡的神父吵起來，因為他指著兩名穿著黑色衣服、包著黑色頭巾的婦女說：

「這才是敬畏上帝的女人該有的樣子。」

我回說：

「阿納絲塔夏活得這麼快樂、這麼享受她的生命，也許這才是上帝希望看到的樣子。看著生氣蓬勃的人，比看著死氣沈沈的人舒服多了。」

越想越激動，我把書掏出來拿給斐奧多力神父。他平靜地接過去放在手掌上，用另一隻手慢慢地撫摸著，彷彿經由雙手感覺到什麼，說：

「你希望我讀？」還沒等我回答，又說：「好，你就留給我吧。」

過了兩天，上午的時候，我又去拜訪斐奧多力神父。我們坐在森林裡一張很小的長椅上，離斐奧多力神父的隱修房很近。我們天南地北地聊著，他說話的風格雖然沒變，就跟二十七年前一樣，但有個地方怪怪的，直叫我坐立難安——斐奧多力神父為什麼看起來比二十七年前還要年輕？他突然打破沈思，對我說：

「弗拉狄米爾，你的那位斐奧多力神父已經死了。」

我一下子說不出話來。我問他：

「那您是什麼人？」

「我是斐奧多力神父。」他看著我說，臉上隱約看得出一抹輕微的笑意。我繼續問他：

「告訴我，他的墳墓在哪？」

「在舊的墓園裡。」

「我想親眼看看，要怎麼過去？」

他沒有回答墓園的事，只說：

「有空就過來看我。」

奇怪的事又接著發生。

「午飯時間到了，」斐奧多力神父說：「來吧，吃點東西。」

我在一個小食堂的餐桌前坐下，桌上有一鍋羅宋湯、搭配薯泥的魚、燉水果茶。他舀了一碗羅宋湯給我，我開始吃，而斐奧多力神父自己沒有吃，只是坐在桌邊。

我吃馬鈴薯吃得津津有味，令我想起……這滋味就跟二十七年前我在修道院飯廳吃到的一樣，這滋味我一輩子都記得。這下我真的搞不清楚了，我覺得腦袋脹脹的。現在坐我旁邊的不是從前那位斐奧多力神父，但他的言行舉止卻又跟二十七年前的斐奧多力神父一模一樣。我還記得很多年前，有一次我們在修院的某間房間，斐奧多力神父提議說要一起拍張照，我說好，他就叫了一個拿著照相機的修道士進來幫我們拍照。我決定用這點來釐清一下現在的情況。我知道，通常修道士是不喜歡拍照的。所以現在，我要問斐奧多力神父願不願意讓我用我的彩色相機，替他跟森林裡的小教堂拍張照片。如果他拒絕了，就表示他不是我的那個斐奧多力神父。於是我提議：

「讓我跟您拍張照吧。」

斐奧多力神父沒有拒絕，我們拍了照。我還拍了美麗的小教堂。洗出來的效果很好，雖然我用的只是普通相機。

我要離開的時候，斐奧多力神父送了我一本袖珍聖經，那不像一般聖經是用舊的詩句寫成的，而是用現代的散文，很像在讀一般的書。他對我解釋：

「如果你在書裡引用聖經內容，應該要註明出自哪個章節。」

我請求他接見一些想和阿納絲塔夏見面的人、跟這些人談話，讓這些人不需要大老遠跑到西伯利亞泰加林，但他的回答是：

「我自己還有許多事情不清楚，暫時就你一個人來吧，有空的時候。」

斐奧多力神父拒絕了這件事令我感到失望，不過我沒有繼續堅持。跟他交談過各種話題的我，心中有一個結論：俄羅斯修道院裡有些長者的智慧和他們平易近人的說話方式，遠在許多傳道者之上，不論是本國或外來的信仰。

然而，為什麼你們選擇沉默呢，充滿智慧的俄羅斯長者！？這是出於你們自己的智慧，還是黑暗力量在迫使你們做出如此的選擇？你們到教堂服務時——卻不用一般人了解的語言。[8]也因如此，信徒成群結隊，甚至花錢聽別的傳道士用他們聽得懂的語言傳道。可能也正因如此，有大批俄羅斯人出國朝訪其他國家的聖地，忘記自己的。我每次跟斐奧多力神父

8 俄羅斯東正教的神職人員在禮拜儀式中仍使用古教會斯拉夫語。

講完話心情都很好，自從遇見阿納絲塔夏以來，為了理解她說的話，我已經聽過無數的傳教士講道，斐奧多力神父說的話比他們任何一位都還要簡單明瞭。我希望其他人也能有這種好的經驗。但是充滿智慧的俄羅斯長者，你們何時才願意開口說話呢？

25 愛的空間

第一刷關於阿納絲塔夏的書全部賣完後，我收到一筆版稅。我去了一趟「國民經濟成就展覽館」，也就是現在的「全俄展覽中心」。不知道為什麼我就是喜歡去那裡。我經過許多小吃店和露天的烤肉串攤子，傳來的陣陣香味真的很誘人，但我強忍住把每一樣美食打包帶走的衝動。雖然我口袋裡有錢，而且不少，但我決定要省著點花。這時不可思議的事發生了，我聽見阿納絲塔夏的聲音，雖然不大，但是非常清楚：

「買點吃的，弗拉狄米爾，想吃什麼就買什麼，你現在不用對吃的省到這種地步了。」

我繼續往前走了幾步，超過露天的餐車，這時又傳來同樣的聲音：

「你為什麼走過去了？拜託你吃一點吧，弗拉狄米爾。」

「天哪，這一定是幻覺吧。」我心想。

我朝林蔭小徑的長椅走去，稍微離開人群。我坐下來小聲地說話，身體稍微往前傾，免得別人覺得我在自言自語：

「阿納絲塔夏，我聽到的是妳的聲音嗎？」

馬上就收到回答，聽得一清二楚：

「你聽到的是我的聲音，弗拉狄米爾。」

「嗨，阿納絲塔夏，妳怎麼不早一點跟我說話？我積了一大堆問題要問妳，見面會上讀者提的問題，很多我都答不出來。」

「我有跟你說話，我一直試著跟你說話，可是你都聽不到。有一天你打算要去自殺，我好著急，對你大叫，可是一點用都沒有，你還是聽不到。後來我想到一個辦法，我開始唱歌。地鐵裡有兩個女生用提琴拉起這首歌，她們聽到了，開始演奏起來。你聽到這段我曾在森林裡唱給你聽的旋律，才想起了我。我好著急，急得差點退奶。」

「什麼奶，阿納絲塔夏？」

「母奶，給我們孩子喝的奶。我已經平安把他生下來了，弗拉狄米爾。」

「生下來了……阿納絲塔夏……很辛苦嗎？妳怎麼有辦法自己一個人在森林裡帶小孩。他還好嗎……妳說過，我記得妳說過：『只是時機不對……』。」

「一切都好。大自然提早甦醒，現在正在幫我。我們的孩子很好，很強壯很健康，也已經會笑了，只是皮膚有點乾燥，跟你一樣，不過也不是什麼問題，之後就不會這樣了。一切都會很好的，你會看到的。你現在比我們還要辛苦，不過要堅持下去，繼續寫書。我知道你度過了一段很辛苦的日子，接下來也還有困難要面對，但你要堅持下去，堅持你走的路。」

「嗯，阿納絲塔夏……」

我想告訴她寫這本書比做生意還困難，想告訴她公司和家庭的狀況，也就是過去這一年來嚐盡的各種心酸；想告訴她我沒了房子，又失去家庭，還差點被送進瘋人院；想告訴她最好不要再用她的夢想誘惑人心了。但我又想，何必讓一個哺乳中的母親沮喪，這樣可能會害她退奶。於是我說：

「別為這些小事操心，阿納絲塔夏。我沒遇到什麼太大的困難，妳看，我書都寫完了，比弄個商業計畫還要簡單。商業計畫要考慮到各種大小細節，現在只要坐著把發生過的事情寫下來就好了，就像我們在笑楚科奇人：『看到什麼就唱什麼』[9]。

「還有……妳知道嗎，阿納絲塔夏……雖然妳的夢想聽起來很不切實際，但卻成真了。難以置信，但真的發生了。妳看，書已經寫出來了。這是妳的夢想，現在真的有了這本書。真的很多人都對它很有興趣，連莫斯科各大報紙都有報導。讀者開始寫詩，寫跟妳、跟大自然、跟俄羅斯有關的詩。我去聖三一修道院找到我跟妳講過的那幅畫，畫被保存得好好的，畫名是《一即成全》。我會讓它公開展示。還有，妳想想看，吟遊歌者……妳還記得跟我講過吟遊歌者的事嗎？」

「是的，我記得，弗拉狄米爾。」

「哇，那也開始發生了。在某一場讀者見面會上，有個淺褐色頭髮的男子給了我一卷錄音帶，並且用軍人的口吻簡短地說：『給阿納絲塔夏的歌，拜託，請收下。』

「見面會上，所有記者、讀者、莫斯科研究中心的兩位工作人員——亞歷山大．松采夫和亞歷山大·薩科茨基，全安靜下來，一起聽這卷錄音帶。後來很多人都拷貝了一份。大家一邊拷貝，一邊尋找這位外表沒什麼特徵、身材不高、淺褐色頭髮的男子。他就這樣突然出現，又突然消失了。原來他是聖彼得堡的潛水艇軍官，一位名為亞歷山大·克洛金斯基的科學家。他後來告訴我他負責的潛水艇如何在失事之後浮上水面，加上一連串與這捲錄音帶的巧合事件，最後才能交到我手上。克洛金斯基也成了一位吟遊歌者，他有一首歌叫《聖殿》，裡面的歌詞完全是妳講過的話，不知道妳還記不記得：

別輕信他人的話
說一切終將船過水無痕
很多人都能看見聖殿
但不是每個人都能進入其中
就將我們的生命當作

---

9 楚科奇人（Chukchi）為俄國境內的少數民族，主要分佈在俄國最東側的楚科奇半島，隔著白令海峽與美國阿拉斯加遙遙相對。楚科奇人經常成為俄國人種族笑話的主角，笑他們落後又頭腦簡單。

在通往聖殿的長梯上奔跑
每個人自己選擇
抵達哪一階層

「而且，克洛金斯基沒有歌手的唱腔，幾乎是在吟誦他的歌，但也正好證明了妳說的，文字若是和人的靈魂產生無形的連結，會非常有力量。吟遊歌者克洛金斯基在真實生活中展現了這一點。」

「謝謝你為人帶來光明的喜悅，淨化著人心。吟遊歌者，謝謝你。」阿納絲塔夏說。

「妳想像得到嗎，竟然又是軍官！葛魯恰也是軍官，這本書就是他先開始印的。還有一位無家可歸的上校畫了上面那幅畫。還有一位空軍團長，他幫忙銷售這本書。現在第一個寫出歌的，也是軍官！為什麼妳的光線特別能夠點燃軍官的心？妳照在他們身上的光，比別人還要多嗎？」

「我的光碰觸了很多人，但是熱情只有在心中原本就有東西可以點燃時，才燃燒得起來。」

「總之，妳的夢想真的開始實現了，阿納絲塔夏。大家接納了它，並打從內心瞭解它。流落街頭的上校真的瞭解。我偶然遇到他的，可惜他過世了。我看見他躺著沒了呼吸，臉上都是泥土，卻面帶微笑。他已經死了，但臉上還掛著笑容，是因為妳用光線對他做了什麼嗎？一個人像這樣微笑著死去，代表了什麼？」

「曾經在你身邊的這個人……現在正在無形的路上，與吟遊歌者同行。他的笑，擋下了比鉛彈還要可怕的子彈，拯救著許多人的心。」

「妳的夢想進入了我們的世界，阿納絲塔夏。這世界，好像開始改變了。有些人感覺得到妳、瞭解妳，他們從某處得到了力量，開始做出改變。世界變得美好一點了，但妳……妳還是在那，在泰加林裡，在妳的林間空地。我沒有辦法在那種條件下生活，就像妳沒辦法在我們世界生活一樣。既然如此，我還要妳的愛做什麼？我不懂妳的愛，而且我到現在還無法釐清我對妳的感覺，又何必搞清楚呢？既然事實擺在眼前：我們永遠不可能在一起，陪在彼此身邊。」

「我們在一起，弗拉狄米爾，我們就在彼此的身邊。」

「在一起！？妳在哪？相愛的人都會想要盡量待在彼此身邊，擁抱對方、撫摸對方。妳太特別了，妳通通不需要。」

「我需要，就跟所有人一樣，我正在這麼做。」

「妳怎麼有辦法做到？」

「就像現在，你沒有感覺到微風正輕撫著你，溫柔地擁抱著你？沒有感覺到溫暖的陽光輕觸著你，還有鳥兒正在為你歌唱，樹梢的葉子正為樹下的你沙沙作響！你聽，它摩擦的聲音多麼特別！」

「但妳說的這些，是給每個人的。難道這一切，都是妳造成的？」

「對某一個人的愛，融化散開在空間裡，能觸碰許多人的靈魂。」

「為什麼愛要融化散開在空間裡？」

「為了永遠在愛人身邊形成愛的空間。這就是愛的本質，愛的意義。」

「這些我不是很懂。還有妳的聲音……以前我從來沒辦法聽到遠距離外的聲音，現在卻可以了，為什麼？」

「你聽到的不是遠距離外的聲音。你要用心，而不是用耳朵來聽。你要學會用心傾聽……」

「何必學，妳只要一直像現在這樣，用妳的聲音跟我說話就行了。」

「我沒辦法一直這樣。」

「但是妳現在就在講話，我聽得到啊。」

「那是祖父正在幫我們。你跟他說說話吧，我得去餵孩子，還有好多事情。我還有好多事情想要全部完成。」

「所以祖父可以，妳不行，為什麼？」

「因為祖父離你很近，就在你旁邊。」

「哪裡？」

26 阿納絲塔夏的祖父

我看了看四周……阿納絲塔夏的祖父幾乎就站在長椅旁，用拐杖把別人丟在草地上的垃圾推進垃圾桶。我跳了起來，和他握手問候彼此。他有一雙快樂又善良的眼睛，相處起來很輕鬆。不像她曾祖父，我在泰加林見到他的時候，他總是保持沈默，眼神凝視著整個空間，彷彿可以穿透人。

祖父跟我在長椅上坐下來，我問他：

「您怎麼有辦法來到這裡，而且還找到我？」

「有阿納絲塔夏的幫忙，這不算太難。」

「天啊，她生了……她說會把孩子生下來，而且真的生了……在森林裡一個人，不是在醫院。一定很痛吧？她有沒有痛得大叫？」

「為什麼你認為她一定會痛？」

「這……女性生產的時候都很痛，有的還可能在生產的時候死掉。」

「在受罪的情形下懷孕才會痛苦，那是追求肉體歡娛導致的結果。女性為此付出代價，在生產時感到劇痛，並在往後的日子中繼續承受折磨。如果懷胎時帶有其他層面的追求，生產的痛，是會加深女性身處創造之中的無比喜悅。」

「那痛跑去哪裡了？為什麼痛反而會加深喜悅的感覺？」

「女性被強暴時的感覺是什麼？當然非常痛苦、噁心反感。但是如果女性自主地敞開，相同的痛反而能轉化為其他感受，生產時也是一樣。」

「您是說阿納絲塔夏生產時一點痛苦也沒有？」

「當然沒有。而且她挑了適合的日子，一個溫暖、陽光普照的日子。」

「她怎麼有辦法選日子？通常都是突然就準備要生了。」

「無意間受孕才會是突然的。懷孕的母親都能影響寶寶出世的時間，提早或延後幾天。」

「你們不知道她哪一天要生嗎？你們沒有過去幫她嗎？」

「那一天我們感覺到了。那是美麗的一天，我們過去她那片空地，在空地邊緣看見了母熊。母熊委屈地咆哮著，用盡全力拍打地面。阿納絲塔夏躺在她母親生下她的同一個位置，蜷曲成一小團的小傢伙正趴在她的胸口呼吸著，母狼在一旁舔著他。」

「那母熊為什麼要咆哮？牠在委屈什麼？」

「阿納絲塔夏叫母狼過去，而不是叫牠。」

「牠可以自己過去啊。」

「沒有叫牠們的時候，牠們絕對不會靠近。要是牠們每個都不管有沒有受到邀請，想過去就過去，想想看那裡會亂成什麼樣子。」

「我想知道她現在都怎麼照顧寶寶？」

「想知道的話，你就去一趟，親眼瞧瞧。」

「她說我不該接近他，除非我先淨化自己。我得先去拜訪聖地，可是我沒有這麼多錢。」

「她講話沒有邏輯，你管她說了什麼。你是孩子的父親，做一些你認為該做的事吧，買各種連身衣褲啦、尿布啦、小外套啊、小搖鈴啊，要她把寶寶穿得像樣點，不要虐待他。他可都全身光溜溜的，在森林裡爬來爬去。」

「我一聽到兒子出生了，馬上就想跑去看他，我一定會去的。您說她是個沒邏輯的人，還真是說對了。大概是因為這樣，我才無法釐清對她的感覺。一開始她讓我覺得很訝異，現在則對她帶著敬意，還有一種說不上來的感覺。也不像愛上一個女人那樣，我還記得以前愛上一個女人的感覺，跟現在這種感覺不一樣，也許我沒有辦法用普通的方式去愛她，有什麼讓我沒辦法做到，大概是她毫無邏輯可言這點吧。」

「別把阿納絲塔夏的毫無邏輯當做是胡說八道，弗拉狄米爾。正是她表面上的毫無邏輯，將被人遺忘的靈魂法則從宇宙深處帶回來，而且，很有可能創造新的法則。

「光明與黑暗的力量，有時會因為不解她言行舉止的邏輯而愣住，然而下一瞬間，就有一道所有人都能理解的簡單真理爆發光芒。就連我們也無法時時瞭解我們的阿納絲塔夏，就算她是我們的孫女，在我們的看顧下長大。我們無法瞭解她，也就幫不上什麼大忙，所以她常常獨自與熱衷的事情為伍，完全是孤零零的一個人。她遇上你，把自己開放給你，還透過書把自己開放給所有人，我們原想阻止這件事情，想阻止她這樣去愛。她的選擇實在令人猜不透，甚至到了荒唐的地步。」

「我到現在也不懂她為何選上我，就連讀者也在問：『你是誰？為什麼阿納絲塔夏要選你？』我答不出來。照邏輯來講，我覺得她應該配個科學家或是信仰虔誠的人，這樣的人才有辦法瞭解她、愛她。他們在一起，才能帶來更大的貢獻；不像我，得先大大改造我的人生，處理很多其他悟性更高的人早已清楚明瞭的課題。」

「人生被這樣改造了，覺得遺憾嗎？」

「我不知道，我還在想辦法瞭解這一切。她到底為什麼選我，我真的說不出來。我到處找，就是找不到答案。」

「你去哪裡找這答案？」

「我往我內心去尋找——我到底是誰。」

「也許你有什麼過人之處，是吧？」

「我覺得一定有什麼，就像人家說的物以類聚，人以群分。」

「弗拉狄米爾，阿納絲塔夏有沒有跟你講過高傲、自負？有沒有跟你講過這些惡習會導致什麼後果？」

「有，她說這是種致命的惡習，會使人遠離真理。」

「她才沒有選你，弗拉狄米爾。她沒有選你，而是撿到你。她把你撿起來，就像撿一個用過而沒有人要的東西，這我們一開始也不懂。你生氣了？」

「我不是非常同意您說的話。我有家庭——有太太和一個女兒，我的事業經營得很不錯，就算我沒什麼過人之處，也不致於像流浪漢或被人家丟掉、沒有人要的東西一樣，需要被撿回家。」

「你跟你太太之間已經沒有愛了，你有你自己的興趣，過你自己的生活，你太太也一樣。兩人之間只剩下例行公事，或者說是過去的情感依附，但那也正隨著時間消磨掉了。你女兒跟你沒什麼好聊，她對你的事業一點都不感興趣。只有你一個人把它看得很重，它為你帶來物質收入，但是今天的收入，可能到了明天就不算什麼，明天你可能會失去、甚至破產。接著你病倒了，差點沒毀了自己的胃。以你那種放縱的生活方式，一輩子都不可能擺脫病魔的糾纏。一切都完了，一無所有了。」

「那你們又是在幹什麼？她需要我做什麼？一種實驗嗎？她心裡在盤算什麼？」

「她只是愛上了，弗拉狄米爾。非常真誠，就跟她做所有事情的態度一樣。她慶幸自己沒有從你們世界帶走能為其他女人帶來幸福的男人。她並沒有把自己擺在什麼特殊地位，她很高興自己可以像所有女人一樣。」

「所以她一時興起？要像所有女人一樣，跟一個像我這種會抽菸、花天酒地的人……就為了一時興起的念頭，這代價未免太大了。」

「她的愛是真誠的，不是一時興起的念頭，也沒在盤算什麼。她的舉止一開始對光明和黑暗來說、對我們和其他人來說，看起來是那樣的不合邏輯，但她其實是照亮了愛的概念與真諦。她不是口頭上說說而已，也不是用說教或勸勉別人的方式，而是在你們、還有你的生活中真正做到了。光明的力量、造物主，都透過她的愛說話。不只說話，還清楚展現了一件從未如此清楚展現過的事情：看啊，一個女人的力量，純潔之愛的力量。她能在死亡的前一刻注入新的生命。從緊握的黑暗爪牙中將摯愛救起，帶他進入光明的永恆。在他身邊創造出愛的空間，為他帶來第二次的生命，永恆的生命。

「弗拉狄米爾，她的愛，能喚回你太太對你的愛，以及女兒對你的尊敬。有成千上萬的女人會用真摯的目光看著你，而你完全有選擇的自由。要是你能從愛顯化的多種形體中，看見並瞭解其中一個，她會感到非常高興。你無論如何都會成名致富，沒有什麼可以使你破產。你寫的書會流遍全世界，不只為你帶來物質收入，也為你和他人帶來力量，比物質和肉體還要強大的力量。」

「書是真的賣得越來越好。是我自己一個人寫的，但有人說是阿納絲塔夏多少幫了點忙。您認為呢，這本書純粹是我寫的，還是阿納絲塔夏幫的忙？」

「你做了所有作家該做的事。拿了紙、拿了筆，寫下發生過的事情，用你個人的文字風格描述你個人的觀點，還安排了出版的事。這些就跟一般作家做的沒兩樣。」

「您的意思是，這本書都是我寫的，阿納絲塔夏完全沒幫忙？」

「對，她沒寫，沒拿筆在紙上寫。」

「您這樣又好像是在說，她在其他方面確實有所貢獻。如果是這樣，請您說清楚。她做了什麼？」

「阿納絲塔夏為了讓你寫書，奉獻出她的生命，弗拉狄米爾。」

「看吧，又是一個我完全無法理解的情況。為什麼？她怎麼有辦法住在森林的同時，又把生命奉獻給什麼書的？她到底是誰？她自己說她是『人』，有人叫她外星人，還有人叫她女神。這實在太混亂了，我想找到一個定論。」

「這很簡單，弗拉狄米爾。人是全宇宙唯一能在短時間內跨越所有次元的生命。大部份人活在世界上，只用世俗的眼光看見自己物質的一面；然而也有些人，能感知到其他肉眼看不見的層面。稱阿納絲塔夏為女神並不違背事實。人跟其他生命最大的不同在於，人有能力運用思想去創造現在和未來，有能力透過思想創造各種形體和意象，並使它們具體化。身為創造者的人類，思想的清晰、和諧與速度，及意念的純淨與否，都關係著未來。從這點看來，確實可以將阿納絲塔夏稱為女神。她的思想速度，以及她創造出來的意象是如此清晰、純淨，光靠她一人便足以和整個黑暗意識抗衡，就單靠她一人。只是不知道她還能撐多久。她一直在等待，相信大家會瞭解並幫助她，不再創造黑暗與地獄。」

「誰在創造黑暗與地獄？」

「相信並預言會有災變、世界末日的人，他們正用思想形塑出世界末日。許多理論都預言人類將全體毀滅，而這正把預言一點一點地拉近。這樣的人很多，非常地多。他們完全沒有想到，就在他們期盼救贖和淨土的同時，專屬他們的地獄，已開始成形。」

「但是這些宣揚、相信大審判和末日說的人，都非常虔誠地替自己的靈魂禱告、求得救贖不是嗎？」

「驅使他們的不是對上帝的化身——光和愛——的信念，而是恐懼。他們也正在為自己製造更多的恐懼。你想想看吧，弗拉狄米爾，想像一下。你跟我，現在就坐在這張長椅上，我們眼前有非常多的人，要是突然間，有些人開始像罪人般痛苦得抽搐起來，這世界瞬間屍橫遍野，而我們坐在這不為所動地旁觀，好像置身天堂裡的長椅。但是你的心難道不會因為眼前的景象而感到撕裂嗎？在看到這片景象之前就死去、入睡了不是更好？」

「那就把獲救的義人都送到淨土去，就不會看到腐爛的屍體和殘酷的景象了吧？」

「從地球遙遠的另一端傳來親朋好友死亡的消息，你不難過、不心痛嗎？」

「遇到這種事沒有人不難過吧。」

「那你又怎能只想著自己進入天堂，而大多數的同胞、朋友、親人都已死去，同時還有別人承受折磨而死！一個靈魂要變得多殘忍，墜落到多黑暗的深淵，才會像這樣明知一切正在發生，卻還只顧自己開心。光明的國度不要這樣的靈魂，因為那是黑暗的產物。」

「那為什麼以前和現在受人景仰的導師，在為全人類寫下各種教義時，要談到世界末日跟審判日？他們到底是什麼樣的人？他們想把全人類帶到哪裡去？為什麼他們要這樣說？」

「很難說他們思想的終點為何，說不定靠著這種聳聽的思想吸引信眾，再讓他們產生思維的轉變。」

「現在還活著的，可能還有辦法改變他人，但已經離世、將思想遺留人間的那些人呢？」

「也一樣，他們可能已經做好準備，期盼追隨者能轉變思維、發現真理。他們可能在等一些事件發生，好讓多數人明白現行的道路必然是條死路，好讓追隨他們的人、相信他們的人轉向光明。」

「要是你們知道的這麼多，為什麼長久以來，要待在森林裡悶不作聲？你們之前為什麼不跟誰解釋這一切？阿納絲塔夏說你們家族已經好幾千年都用這種獨特的方式生活，將起源的真相世世代代保存下來。」

「全世界各個角落，都有人保存著非技術治理式的生活，保存著人獨有的能力。他們都曾在各個時期，試圖將思想分享給其他人，但來不及談到本質就遭人滅口。即使他們創造出來的意識形態和形象非常強大，卻仍會遭到多數人的抵制。」

「您的意思是阿納絲塔夏也會被摧毀、被他們消滅？」

「阿納絲塔夏以一種難以詮釋的方式跟他們抗衡，至少目前仍然勢均力敵，這可能是因為她的沒有邏輯，或是……」

老人家突然沈默起來，若有所思地用棍子在地上畫起一些奇怪的符號。

我思索著一些事情，過了一會兒我問他：

「要是她像您說的那樣，是個女神，為何她老是跟我說：『我是人，一個女人』？」

「以她在人世間的物質生命來說，她只是一個人、一個女人沒錯。儘管她的生活方式再如何不尋常，她就跟所有人一樣，會充滿喜悅、充滿悲傷，會愛、也渴望被愛。人有的一切，她都有，她保有人最初的形式。當初她看起來不尋常的能力，在你得知你們科學的說法之後，也不再顯得離奇；其他仍然令人匪夷所思的部分，未來都將一一得到解釋，最後會證實她不過是個普通的人，普通的女人。只有一個現象——你也將親眼目睹——你不會有辦法理解，那是科學無法解釋的，就連我父親也不清楚那是什麼。在你們那邊稱為異常現象，但是我拜託你，弗拉狄米爾，不要把這個現象跟阿納絲塔夏劃上等號。那雖然是在她身邊形成的，但並不是來自於她。請用你內在的力量去看見、去感覺她不過是一個普通的人。她想和其他人一樣。為了某種原因，她認為有必要證明自己是個普通人，而且這非常重要。這對她來說不是件容易的事，因為這一切必須在不違背她的原則下進行。但不論是誰，都自有一套原則，不是嗎？」

「到底這個連你們都無法定義、科學也無法解釋的現象是什麼？」

27 異常現象

「我們將阿納絲塔夏父母安葬時她還很小，不會走路也不會說話。我和父親有動物的幫忙，在地上挖一個洞後，在底部鋪滿樹枝，把阿納絲塔夏的父母抬進洞裡，幫他們蓋上草，再用土填滿。我們靜靜地站在墳前，還小的阿納絲塔夏就在一旁的草地上，觀察爬到她手臂上的一隻小蟲。『幸好她還不懂，發生了不幸的事。』我們心想，然後就安靜地離去。」

「你們就這樣走了？拋下一個什麼都還不懂的小女孩？」

「我們沒有拋下她，我們讓她一個人待在她母親生下她的那片土地。那裡就等於你們說的香格里拉、家鄉的概念，只是這些詞彙的意思越來越抽象了。家鄉，是出生的地方，就像是我們的母親。雙親在孩子出世以前，應該先為他創造一個空間、一個充滿美好與愛的世界，給他一個家鄉。那就像子宮一樣，滋養他的身體，呵護他的靈魂。家鄉將宇宙的智慧帶給他，幫助他認識真理。在磚牆內生下孩子的女子，能給孩子什麼？她替孩子準備了什麼樣的世界？她可曾想過孩子將生活在什麼樣的世界？那是一個對孩子予取予求的世界，那個世界會要這個小人兒屈服在它之下，把他變成一個奴隸，一個小小螺絲釘。做母親的無能為力而只能旁觀，因為她沒有先為孩子準備好愛的空間。

「你知道嗎，弗拉狄米爾，阿納絲塔夏母親身邊的自然世界和大大小小的生物都把她，以及任何一個過著她那種生活的人，當成朋友，當成在身邊創造出愛的世界、既睿智又善良的神。阿納絲塔夏的雙親是非常善良、快樂的人，他們深愛著對方，也愛著大地。圍繞在他們身邊的空間，也全都用愛回應他們。阿納絲塔夏就是誕生在這樣的愛的空間，並且成了這個空間的中心。很多動物都不會去動新生兒，母貓可能會讓小狗喝奶，母狗也可能讓小貓喝奶。很多動物都有能力哺育、撫養人類的後代，但對你們來說，牠們只是充滿野性的動物。牠們在面對阿納絲塔夏的母親和父親的時候，扮演的角色不同，對待他們的方式也不一樣。阿納絲塔夏的母親在林間空地生下她，許多動物見證了這一刻。牠們親眼看見自己所敬愛的女性人類成為一位母親，生下另一名人類。牠們對這位人類朋友的感情、對她的愛，在見證分娩的這一刻，跟自己的母性本能交織在一塊兒，誕生了全新的、偉大的光輝。周圍整個空間——絕對是整個空間——從最小的一隻小蟲、一株小草，到外表令人懼怕的猛禽猛獸，全都沒有任何猶豫，準備好要為這小寶寶獻上生命。在母親創造給小寶寶的這個家鄉，以及周圍的整個空間裡，完全沒有任何事物會威脅小寶寶的性命，全部的一切，都會照顧、呵護這個小小人類。

「對阿納絲塔夏來說，樹林裡一片小小的空地，就像是母親的子宮。這片小小的空地，就是一個屬於她的家鄉，它是活的，善良且強大，和全宇宙有著切不斷的連結——和偉大造物者所創造的一切，有著自然且活生生的連線。

「這片小小的空地是活的，是一個屬於她的家鄉，是媽媽和爸爸給她的，也是那位獨一無二、創世的『父親』給她的，我們不可能取代，因此我們將阿納絲塔夏的父母下葬後就離開了。三天後，我們回到這片空地，快接近時感覺空氣中瀰漫著緊張的氣氛，我們聽見狼的哀嚎，然後看到……

「小阿納絲塔夏安靜地坐在墳墓的土堆上，一邊臉頰沾滿泥土，我們知道她睡在上面過。她的淚水在眼眶裡打轉，滴落在土堆上。她就這樣靜靜地流淚，沒哭出聲，只有偶爾傳出一聲啜泣。她的小手不停地揉搓土堆。

「原本還不會說話的她，在土堆上開口說了第一句話。我們聽到了，一開始她只發出幾個簡單的音節：『媽——媽』，然後『爸——爸』。她重複了幾次之後，說了更複雜的字句：『媽——咪，爸——比，媽——咪，爸——比，我是阿納絲塔夏。我現在沒有你們了，對不對？只有爺爺了，對不對？』

「我父親第一個了解到：小阿納絲塔夏早在我們埋葬她父母，自己坐在一旁草地觀察小昆蟲時，就已經完全了解發生了什麼不幸。她為了不讓我們傷心，靠著意志力，努力隱藏情緒。原始起源的智慧與力量已經由母乳傳入她的體內，餵奶的母親就是有這種能力，弗拉狄米爾。她們在餵奶時，透過奶水將自己的覺知與歷代的智慧——一直上溯到原始起源的歷代智慧——傳入小寶寶的體內。

「阿納絲塔夏的母親知道怎麼做，且完整地加以運用。完完整整地。

「既然阿納絲塔夏不想讓我們看見她流淚，我們就沒有進去空地、沒有接近墓地，但我們也無法就這樣轉身離去，所以站在原地繼續觀望。

「小阿納絲塔夏在墳上用小手撐住地面，試著要站起來，頭一次沒有成功，但後來還是成功了。她搖搖晃晃，兩隻小手微微張開，在她雙親的墳上往外跨出了膽怯的第一步，然後再一步。她的小腳被草絆住，小小的身體失去平衡，眼看就要摔跤了，但這一跤……摔得非常不尋常。

「就在她跌倒的瞬間，一陣幾乎看不見的藍光掃過空地，改變了那塊區域的重力。我們也被掃到，產生了一股陶醉感。阿納絲塔夏的小身體並沒有摔倒，而是輕柔緩慢地降落在地面。等她用雙腳撐起身體，藍光就不見了，重力也恢復正常。

「阿納絲塔夏小心翼翼地往前走一步、停一步，走一步、停一步，朝著空地裡的一根樹枝走去，還把它撿起來拿在手上。我們知道她打算學媽媽整理空地。還這麼小的一個小女孩，正要把乾枯的樹枝清到空地邊緣。不過她又再一次地失去平衡，眼看就要跌倒了，樹枝從手裡飛出去。

「這時又閃過那道藍光，瞬間改變了地心引力，樹枝直接飛向空地邊緣，落在一堆乾樹枝上。

「阿納絲塔夏站起來，在找她那根樹枝，但怎麼找也找不到。她接著舉起雙手，搖搖晃晃地朝另一枝樹枝慢慢走去，但是還沒等到她彎下去撿起來，那根樹枝又飛起來，彷彿有一陣風把它吹到空地邊緣。不過，現場其實沒有那樣的風，有看不見的誰在幫阿納絲塔夏完成心願。

「可是她就是想要自己來，跟媽媽做一樣的事。她舉起小手輕輕地揮著，大概想跟這個隱形的盟友抗議，不要它的幫忙。

「我們抬起頭，看見了它。空地上方有一顆凝聚成團的球體，閃動著脈衝的藍光。透明的外殼裡有如火焰般的電光，像極了五顏六色的閃電。它就像一顆巨大的球狀閃電，但是帶有智慧！

「它是什麼東西組成的、裡頭有何種智慧，我們完全不清楚。

「我們只感覺到裡頭帶有前所未見的未知力量，而我們一點也不懼怕；相反地，它散發著喜悅、令人陶醉的美好能量，讓我們一步也不想離開。我們只想純然感受當下。」

「你們怎麼知道它有空前強大的力量？」

「是我爸爸注意到的。那天天氣晴朗，陽光普照，可是沒有哪棵樹的葉子、哪朵花的花瓣朝向太陽，而是全都轉向了它。那團藍光擁有的力量要比陽光強大，而且還在阿納絲塔夏跌倒的瞬間改變了地心引力。就在她跌倒的位置，不偏不倚，精準到讓她輕柔地降落到地面，不是停在半空中。

「阿納絲塔夏花了很長時間收集樹枝——有時候用爬的，有時候慢慢地走，走過整片空地，直到清空所有樹枝。而閃爍不停的電光球體就在小女孩上方亂竄，但不再幫她清理樹枝，彷彿看懂了這個小小孩的手勢，並順從她。

「光球一下子擴張、一下子消失在空氣裡，它會瞬間消失、然後再出現，內部一會兒熄滅、一會兒放電，就像閃光燈一樣，但完全不知道它哪來的能量。看起來就像是在一旁乾著急，急到以不可思議的速度在整個空間來回衝撞。

「阿納絲塔夏平常睡覺的時間到了。我們從來不會將小孩搖到入睡，強迫他們睡覺。每次時間一到，阿納絲塔夏的媽媽只會到空地邊緣，在同樣的位置躺下，假裝睡著一樣，示範給她看。小阿納絲塔夏會爬向她，依偎在她溫暖的身體旁邊，舒服地進入夢鄉。

「這一次，阿納絲塔夏來到平常白天和媽媽一起睡午覺的地方。她站在那裡，看著每次和媽媽一起睡午覺的地方，可是現在，媽媽已經不在了。

「我們不知道她此刻在想什麼，但是陽光底下，一道閃爍的淚光，再次滑落小阿納絲塔夏的臉頰。那藍光立刻一閃一滅地在空地來回穿梭。

「阿納絲塔夏抬起頭，看見那球凝聚成團的光，便坐在草地上，目不轉睛地盯著它。那顆光球在她的注視下靜止不動。有好一陣子，她就這樣盯著。她接著朝它伸出雙手，像平常叫動物過來那樣。這時光球爆發出許多強力閃電，穿透了藍色的表面，然後……像顆火流星般，衝向她的小手，彷彿能將路徑上的一切淨空，一瞬間來到她的面前，開始旋轉，用閃電拭去她臉頰上那滴閃爍的淚珠；下一瞬間，所有電流又立即熄滅，變成一顆微微發著藍光的光球，讓坐在草地上的這個小女孩用手捧著。

「阿納絲塔夏捧著它好一陣子，觀察它、撫摸它。她站起來，拿著藍色的光球小心翼翼地走到平時和媽媽一起睡覺的地方，把它放在那裡，又摸摸它。

「它跟阿納絲塔夏的媽媽一樣躺在那裡，一副好像睡著的樣子。阿納絲塔夏在它旁邊躺下。她在草地上蜷曲著入睡，光球飛入高空消失不見，又出現在低空中擴散著，遍佈整片空地，像是替她蓋了一層被子。接著它又縮成一閃一閃的球體，停在已經睡著的阿納絲塔夏旁邊撫摸她的頭髮。撫摸方式非常奇妙特別，它以精細、不停閃動的電光挑起她每一根頭髮，輕柔地撫摸著。

「我們後來到空地探望阿納絲塔夏時，還見過它好幾次。我們知道對阿納絲塔夏來說，它的存在就跟太陽、月亮一樣自然，也跟環繞在她身邊的樹木、動物一樣自然。她會跟它說話，就像她會跟周圍的一切說話一樣。但是對她來說，它跟周圍一切還是有所區別，儘管在外人看來沒有太大差別。我們感覺她對待它的方式，比對待其他事物多了點敬意，有時還有點任性。她從沒對誰這樣子過，但是對它──不曉得什麼原因，她允許自己表現出任性的樣子。而它會遵照她的心意，遵照她各種奇怪的念頭。

「阿納絲塔夏四歲生日那天凌晨，我們站在空地邊緣等她從睡夢中醒來。我們偷偷地觀察，想知道春天的來臨會令她產生什麼愉悅的反應。

「就在阿納絲塔夏快要醒來的時候，它出現了，閃著藍光擴散開來，在空地的整個空間溶解或消散。接著我們看見一幅非人為的美景，如夢似幻又鮮明生動。

「整個林間空地、草地、昆蟲和周圍的樹木，全都煥然一新。雪松的針葉散發著柔和的七彩光芒。松鼠在樹枝間跳動，身後留下消散的彩虹光暈。草地閃著輕柔的綠光。草裡有許多昆蟲在移動，放射出更多五顏六色的炫目光澤，和草地交織成一張極致美景，活像一張不停變換著繁複、精細織紋的地毯。等阿納絲塔夏醒來，睜開雙眼，看見這幅極為奇幻、充滿魔力、流動中的景象，不禁跳起來，左看看右看看。

「她笑了，露出每天早上起來時會有的笑容，周圍的光輝回應她的笑，變得更加炫目，以更快的速度流動著。她小心跪在地上，仔細觀察地上的草，及草裡四處鑽動而閃著七彩光澤的昆蟲。當她抬起頭，神色顯得專注而帶點凝重。她看著天空，雖然上方空無一物，但她還是朝天空伸出雙手。靜止的空氣瞬間產生騷動，在她手裡出現了那顆藍色的球體。她把它貼在自己的臉上，再把它放在草地上，溫柔地摸著它。我們聽見他們的對話，雖然說話的只有阿納絲塔夏，我們還是可以明顯感覺到，它完全聽得懂，甚至做出無聲的回應。阿納絲塔夏帶著一點憂傷，溫柔地對它說：

「『你很好，我知道你很好，你弄得這麼美，想讓我開心。謝謝你。可是請你變回來，把一切變回原來的樣子，而且，以後不要再這樣做了。』

「藍色球體閃了一下，稍微飛離地面，內部出現幾道閃電。充滿流動光暈的景象並沒有消失。阿納絲塔夏認真地看著它，再次對它說：

「『每隻小蟲、甲蟲、螞蟻，都有媽媽。大家都有媽媽。媽媽都喜歡寶寶一生下來的樣子，不管牠們有幾隻腳、身體是什麼顏色。你把大家變成別的樣子，這下子要媽媽怎麼認得她們的小孩？請你把一切變回原來的樣子。』

「球體輕輕閃了一下，整片空地便恢復原狀。它降回阿納絲塔夏的腳邊，她摸了摸後說：『謝謝！』便沒再多說什麼，只是專注地凝視這顆球體。當她再次開口，我們都對她的話相當意外。她跟它說：

「『你不要再來找我了。你每次都想幫我、想對我好，我喜歡跟你在一起，可是你不要再來找我了。我知道你自己有一片很大的空地，而且你的思考速度好快，快得我沒辦法馬上了解，可能等以後吧，以後我會更懂你。你移動的速度比什麼都快，比鳥、比風還要快好多好多。你不管什麼都做得又快又好，我知道你必須這樣，因為這樣才能在你那片很大的空地裡，把該做的事好好完成。可是你跟我在一起，就表示你不在那裡；你不在那裡，就表示空地沒有被好好照顧。你走吧，你要去照顧你自己那片大大的空地。』

「藍色球體縮成小小一球飛到空中，開始到處衝撞，閃得更厲害，比平常還要亮，並且再次像火流星般衝向坐在地上的阿納絲塔夏，停在她的頭旁邊，伸出許多閃動的電光挑動阿納絲塔夏的長髮，一根一根摸到髮尾。

「『你怎麼還在這裡？快去那個需要你的地方，』阿納絲塔夏輕聲說：『我會把這裡照顧得很好。如果我知道那片大空地也被照顧得很好，我會很開心。我會感覺得到你，你也要記得我，只是不要太常想到我。』

「藍色球體從阿納絲塔夏身邊升到空中，飛向天際，只是沒像平常那樣輕快，斷斷續續地噴射著，最後消失在空氣裡。但是它在她身邊留下了看不見的東西，每次只要發生負面的事、阿納絲塔夏不希望發生的事，周遭的空間就會凍結，好像癱瘓了一樣。所以當初你在違反她的意願去抱她時，才會失去意識。她想停止這個現象就會舉起手——只要來得及。就像以前一樣，她什麼都想自己來。

「我們問過小阿納絲塔夏：『那個落在空地上的發光物體是什麼，妳叫它什麼？』

「她想了一下，簡短地回答我們：『可以叫它「好」，爺爺。』

老人家說到這就停了下來，沒再繼續說下去，可是我還想多聽一點，聽小阿納絲塔夏怎麼生活在森林裡，所以我問他：

「後來呢？她怎麼生活？」

「就這樣子生活，」老先生回答：「像其他人一樣，一天一天長大了。我們建議她去幫忙夏屋小農。她從六歲開始就能遙視，看見遠距離外的人，能感受到他們、幫助他們。她迷上夏屋小農，現在更相信小農風氣能幫助世界轉變，是一種柔和、漸進的過渡，讓人逐漸瞭解地球生命的本質與意義。她不斷散發她的光，整整二十年的時間，溫暖著小小園地裡的植物，療癒著許多人，不帶強迫地告訴人必須如何對待植物。她表現得很出色，效果很好，接著她開始觀察人類生活的其他面向。命運使她和你繫在一塊兒，也使她產生新的念頭：『要讓人穿越黑暗力量時光』。」

「您認為她會成功嗎？」我問。

「弗拉狄米爾，阿納絲塔夏知道人身為創造者的思想力量，所以不會輕易說出這樣的話。這表示她確實有這樣的力量，沒有達到目的以前，她是不會回頭的。她很固執，就跟她父親一樣。」

「所以說，她真的一直在行動，努力把想法化為實際的畫面，而我們就只是在那裡坐著空談信仰，像擦鼻涕的小孩。還有一些人問我：『真的有阿納絲塔夏這個人，還是你自己杜撰的？』」

「這種問題根本不會有。接觸到這本書的人，馬上就可以感覺到她。她本人就在書裡。會問這種問題的人，是虛幻的人，不是真正的人。」

28 虛幻的人

「但我說的是再真實不過的人，就像那邊那兩個女生，您看到了嗎？」我指著前方離長椅大約五六公尺的兩個女生。

老人家仔細打量她們之後，說：

「我認為其中一個——抽菸的那個——不是真的。」

「什麼意思，不是真的？要是我現在走過去從她背後給她一拳，您馬上就會聽到再真實不過的尖叫跟髒話。」

「弗拉狄米爾，你知道嗎，你現在眼前所看到的，都只是一個形象，技術治理世界設定出來的形象。你仔細看，那女孩腳穿令她不舒服的高跟鞋，而且對她來說太緊了。她之所以會穿，完全是因為別人說時下女性應該穿什麼樣的鞋子。她穿的短裙質料類似皮革卻又不是真皮，那種質料對人體有害，但她因盲從而穿上了它，建立別人要的形象。你看她的濃妝和驕傲的態度，表面上獨立自主，但也不過是表面上。她整個外型跟真實的她不符，真實的她受別人的思想模式影響而『動彈不得』。她有生命的靈魂被沒有靈魂、虛幻的形象遮掩，她的靈魂成了這個形象的俘虜。」

「成為形象的俘虜、盲從某種形象什麼的，您要怎麼說她的靈魂都行，但實情如何，很難辨別。」

「我老了，無法適應你的思考速度，我的表達不像阿納絲塔夏那樣有說服力。」老人家嘆了口氣，接著說：「你能讓我試試嗎？讓我示範給你看？」

「示範什麼？」

「我要試著讓那虛幻、沒有生命的形象瓦解至少一下下，釋放那女孩的靈魂。你仔細看了。」

「請。」

抽菸的女生在嚴厲斥責她的朋友，老人家則仔細、專注地觀察她們。當她不再看著身旁的朋友，她把目光轉向某個路人身上，老人家的眼神也跟著她的視線。接著老人站起身來，做動作示意我跟著他。他朝那兩個女生走去，我跟在他的後頭。他在距離兩個女生半公尺的地方停下，注視著抽菸的女生。她轉頭看著老人家，吐一口煙在他臉上，不耐煩地說：

「想幹嘛，老頭？要錢是嗎？」

老人家大概正從滿臉煙霧中回神過來，停頓了一下，才用溫和平靜的口氣說：

「把香菸拿在右手，孩子。應該盡量用右手拿。」

女孩乖乖把香菸拿到右手，但這還不是重點，她的表情瞬間變了，盛氣凌人的臉消失了。總之，這個女生整個人都變了，不管是她的表情，還是她的動作。她甚至用一種完全不一樣的口氣說話。

「我會盡量的，老爺爺。」

「孩子，把寶寶生下來。」

「我一個人會很辛苦。」

「他會來找妳的。去吧，想想妳的手，想想妳的寶寶，他就會來的。去吧，孩子，妳得快點。」

「我會的。」女生走了幾步後停下來，回過頭用平和的口氣叫她的朋友，不像之前那樣不耐煩：「來吧，坦妮亞，跟我一起去。」

她們離開了。

「哇！任何女人您都可以像這樣子，讓她們乖乖聽話？」等我們坐回長椅，我說：「真了不起，跟催眠一樣。不可思議！」

「這不是催眠，弗拉狄米爾，也沒有什麼不可思議的。這不過是用心關注一個人，我指的是真實的人，而不是把真實的人蓋住的虛構形象。當你直接對應真實的人，無視虛幻的形象，別人就會立即做出回應，並且獲得力量。」

「但您怎麼有辦法透視有形的形象，看見後面那無形的人呢？」

「一切很簡單，我跟你保證。我只是做了一點觀察，那位女生用左手拿菸，也用左手在包包裡找東西，表示她是左撇子。小孩子要是用左手拿湯匙，或用左手做其他事情，父母會告訴他要盡量用右手。她以前跟父母處得很好，我從她盯著一男一女牽著小女孩路過的眼神中發現的。我還說了她父母可能在她小時候說過的話，我盡量用她父母可能會用的語氣跟音調說話。小時候的她天真無邪，還沒有因為加諸在她身上的他人形象而封閉。她——這個小小的女孩，真實無比的人——立刻對我做出回應。」

「但你還跟她說了生小孩的事，那又是為什麼？」

「因為她懷孕了，而且超過一個月。她外在的形象不想要這個孩子，但她內在真實的小女孩非常渴望這個孩子，因此雙方不斷交戰。然而現在，她內在真實的小女孩贏了！」

29 為何沒人見過上帝？

「我跟阿納絲塔夏在泰加林的時候，她曾對我說：『沒有人見過上帝，是因為祂的思想是以極高的速度和密度在運行的。』我就在想：為什麼祂不放慢一點，好讓人看見祂？」

老人家舉起拐杖，指著一位路過的腳踏車騎士：

「你看，弗拉狄米爾，腳踏車的輪子在轉。輪子上有鋼條，你卻看不見。你知道有鋼條，但旋轉的速度使你看不見。或者，換個方式講好了：『你思考和視覺的速度沒有辦法讓你看見。』要是騎士放慢速度，你就可以隱約看見輪子的鋼條。要是他停止不動，你就能看清楚了，但是這麼一來，騎士就會跌倒，他會因為動作停下來而無法抵達目的地。他何必這麼做？就為了讓你看見鋼條確實在那裡嗎？這能為你帶來什麼嗎？能改變你什麼？或是改變你身邊的什麼嗎？

「你只會非常確定鋼條存在，僅此而已。騎士可以站起來繼續移動，但是其他人也會想看，難道他就要為此一而再、再而三地跌倒嗎？何必呢？」

「嗯……至少能再看見他一次。」

「你能看到什麼？畢竟躺在地上的腳踏車騎士，不再是腳踏車騎士了。你得用想像力，想像他原本的樣子。」

「上帝要是改變思想的速度，就不再是上帝了。學著加快你的思考速度，不是更好嗎？跟你講話的人很慢才能理解你說的話，你不會失去耐性嗎？為了配合他而放慢自己的思考速度，你不覺得痛苦嗎？」

「是啊，沒錯。要配合笨蛋，自己得先變成笨蛋。」

「所以上帝為了讓我們看見祂，必須放慢祂的思惟，放慢到我們的程度，變得跟我們一樣。然而一旦祂這麼做，派遣自己的神子，眾人卻會看著他們，對他們說：『你不是神，也不是神子，你不過是冒牌貨。除非你能顯神蹟，否則就把你釘上十字架。』」

「神子為何不顯神蹟？……至少可以擺脫不信他的人，這樣就不會被釘上十字架。」

「神蹟無法說服那些不相信的人，而只會蠱惑他們。他們把展現神蹟的人綁在柱子上活活燒死，還大聲喊著：『燒毀這些展現黑暗力量的！』況且，看看你的四周，神已經創造數不盡的奇蹟。太陽每天升起，夜晚則換成一輪明月。一株小草上的昆蟲，同樣無比神奇，還有樹呢……

「我們現在就坐在一棵樹下……有誰能想得出比這棵樹更完善的結構呢？這只是祂思想中的一小部分。所有物質、所有生命，所有在我們腳下竄動的、飛越我們上方藍天的，所有為我們歌唱的、用溫暖光線輕撫我們的，全是祂的，這一切全都圍繞著我們，全都要給我們。然而有多少人不只能夠看見，還能感受、瞭解這一切呢？只是使用，不去改善也可以，至少在使用時不要破壞、摧毀這一切創造出來的生命奇蹟。至於神子，他們只有一項使命：降低自己的思考速度，甘願冒著被誤解的風險，要以言語喚醒、提高世人的意識。」

「但是阿納絲塔夏堅信：『光靠言語並不足以提高人類意識的水準。』我也認為，人類已經說盡千言萬語了，但結果呢？我們周遭還是充滿不幸，而且地球還可能發生浩劫。」

「說得沒錯。當話語不是出自真心，當話語與內心斷了連結，就會變得空洞、失去原貌、模糊不清。我的寶貝孫女阿納絲塔夏不只能在每個字，更能在每個字母的發音中創造畫面。現在地球上的導師、在世的神子，都會得到這股使人心照亮黑暗的力量。」

「神子跟導師？跟他們有什麼關係？只有她有這種能力。」

「她會把這種能力分送出去。事實上，她已經這麼做了。你看，你甚至寫出了一本書，讀者的詩流傳整個世界，而且不斷有新的歌曲。那些新的歌曲，你聽了嗎？」

「我聽了。」

「心靈導師一旦接觸了這本書，一切都會增加好幾倍。某些地方對你來說只是文字，他們卻能見到栩栩如生的畫面，他們內在力量也會增強好幾倍。」

「他們就能感覺到，我卻不行？我是一個完全沒有感覺的人嗎？那她當初為何是告訴我，而不是告訴他們？」

「因為你沒能力扭曲你聽到的，也沒什麼好拿來添加的。畢竟在空白的紙上，可以寫出清晰的字句。不過就算是你，思考速度也會變快。」

「好吧，就讓我也變快吧，讓我不要落後那麼多。總之，您說的，到目前為止似乎都對。我們俄羅斯這邊就有個靈性社區的領袖──社區居民都稱他為老師。他向門徒說：『去讀阿納絲塔夏吧，這本書會點燃你的心！』很多門徒就因此買了這本書。」

「這就表示他懂、他感覺得到，所以他會幫助你和阿納絲塔夏。你對他的幫助說過謝謝嗎？」

「我沒有見過他本人。」
「感謝可以在心裡說。」
「不用說出聲音？那樣有誰會聽到？」
「用心傾聽的人會聽見。」
「對了，還有一件小事。他讚美書，也讚美阿納絲塔夏，但是說到我的時候，卻說我不是真男人……他說：『阿納絲塔夏遇到的不是真男人。』我親耳聽到他在電視裡這樣說，後來也在報紙上看到。」
「你覺得自己怎樣？完美嗎？」
「嗯，完美的話，我不這麼認為……」
「那就別覺得委屈吧。你可以朝完美邁進，我的孫女會幫你。能被愛提升的人可以抵達很高的境界。不是每個人都註定有能力如此思考，那需要以極快的思考速度創造。」
「您的思想運行速度多快呢？跟我說話不覺得痛苦嗎？」
「過著我們這種生活的人，思考速度明顯超越技術治理世界的人。我們的思考不會因為不停地煩惱穿著、食物等等的事情而慢下來。但由於我對孫女的愛，我並不覺得跟你說話很痛苦。她希望我這麼做，而我很高興至少能為她做點什麼。」

「阿納絲塔夏的思考速度呢，跟您和您父親一樣快嗎？」

「阿納絲塔夏更快。」

「快多少？比例是多少？嗯，比方說吧，她花十分鐘思考的話，你們需要幾分鐘？」

「她短短一秒內能領悟到的，我們卻需要好幾個月，所以我們有時才會覺得她沒有邏輯，也因此她總是一個人。我們無法立即了解她做出某個行動的意義，所以幫不上什麼忙。我父親會完全不說話，好追上她的思考速度，希望能夠幫助她。他也要我這樣做，但我連試都沒試。父親認為這是因為我懶惰，但我只是很愛我孫女，只是很單純地相信她做的一切都是對的。她要我做的事，我都很樂意去做，所以我才會來這裡找你。」

「她怎麼有辦法跟我交談整整三天的時間？」

「這問題我們也想了很久——她怎麼有辦法？畢竟這樣可能會讓人抓狂。一直到最近我們才明白，跟你說話的時候，她的思考並沒有停頓，反而還加速了。加速，並轉化成圖像。現在，這些圖像就像你們電腦裡的程式，會在你和未來讀到這本書的人面前啟動。啟動，並使人類思想的運行速度大幅躍進，使人更接近上帝。當初明白這點後，我們認為她的開創性舉動，為宇宙創造了新的律法。但現在我們清楚知道，她只是運用了純真之愛所賦予的機會。愛仍然是造物主留下來的謎，而她為愛開闢了另一種強大的機會與力量。」

「她思考的速度能讓她見到上帝嗎？」

「幾乎不行，畢竟她還是肉軀之身。上帝雖然也是如此，但只有一半是肉身。他的肉身部分，就是地球的所有人。阿納絲塔夏是這肉身的一小塊，所以有時也能理解些什麼，有時也可能達到不可思議的思考速度，比他人更能感受得到祂，但通常發生的時間很短。」

「她可以從中得到什麼嗎？」

「真理、存在的本質，以及智者終其一生相互學習並欲完善的意識，她都能在一瞬間理解。」

「所以說她能瞭解東方喇嘛的見聞、佛陀和基督的智慧嗎？她也知道瑜伽嗎？」

「她知道。她懂的比你們流傳至今的學說還多，但她認為這樣還不夠，因為地球上的所有生物至今仍無法和諧共處，依然在往浩劫的方向前進。

「因此，她自有一套他人難解的想法。她曾說：『用訓誡的方式教導、用亞當夏娃的蘋果誘惑他們，這些都已經夠了。應該要讓他們能親身感覺、體會前人的感受、能力與本質。』」

「所以您想說的是，她真能對全人類做好事嗎？如果可以，這些好事何時開始？」

「已經開始了。目前還在萌芽階段，不過這只是暫時的。」

「在哪裡？怎麼看見？還是要用感覺的？」

「去問問讀過這本書的人吧，那已經在他們內心裡萌芽。這本書的確能為許多人喚醒光明的感受，這是不可否定的事實，而且他們會向你證明的。她的想法已經見效，雖然難以置信，但確實做到了。至於你，弗拉狄米爾，你回想看看，以前的你是怎麼樣的人，現在又成了什麼樣的人。弗拉狄米爾，這期間發生的轉變，已經在你的內心開啟圖像的程式，她的靈魂出現在眾人的意識中。你們內心的世界開始改變，同時也改變了周遭的形象。我們沒法想透她要怎麼成功，表面上明顯的事情還可以理解，只是該怎麼協助她實現理念，我們仍然猜不透。

「你大可費神鑽研她的理念，但請別因此偏離了才剛誕生的美好理念。美麗的黎明是要用欣賞的，如果你開始鑽研黎明的原由，你得到的不會是喜悅，而只是在挖掘而已，這不會有什麼結果，也不會有任何改變。」

「天啊，這一切怎會如此不尋常、複雜。我還是希望阿納絲塔夏只是個普通的隱士，只是善良又美麗得出奇，還稍微帶點天真。」

「所以我才告訴你，沒有必要去挖掘，沒必要滿腦想這些事。如果你覺得很複雜，就讓她在你的心目中，保留善良又美麗的隱士形象吧。那就是她在你面前的樣子，別人看到的自然會不同。她能給的都給你了，你現在腦袋沒辦法容納這麼多。不過這樣也好，你只要盡可能欣賞黎明就行了，這才是最重要的。」

30 俄羅斯的黎明

「俄羅斯的黎明要能升起，就得改善每個人的物質生活，整體經濟走向富裕，且增加人民的收入。」

「所有的物質條件都取決於人的心靈與意識。」

「就當作是這樣吧，但如果無衣可穿、無飯可吃，這些智者哲學又怎麼派得上用場？」

「那就必須深思為何會如此。每個人都該為自己反省，別把錯怪罪他人。只有從內而外做出改變，才能改變周遭的一切，包括收入在內。我同意你的說法，大家的確不可能一下就相信，但你可還記得阿納絲塔夏曾說過：『不需對眾人說教，只要實行就好』，而她的確也做到了。你現在該做的，就是實現她的理想。如此一來，三年過後，西伯利亞大大小小的村莊，被世人遺忘、拋棄的村莊，只剩老人而年輕人不願返鄉的村莊，都將變得加倍富庶。村莊會充滿活力，年輕人都將歸來。到時她便可奉獻更多，揭開各種秘密，找回人類最初的智識與能力，俄羅斯也將成為富裕之國。她所做的這一切，都是為了證明最初的心靈與智識，比徒勞無功的技術治理更有意義。俄羅斯將會迎接照亮全世界的黎明。」

「那我該如何實現這些理想呢？」

「你得分享我孫女告訴你的秘密，在書中描述如何提煉具有療效的雪松油，且毫不隱瞞。」

我一聽之下，心中燃起一把怒火，簡直快要喘不過氣。坐不住的我跳了起來。

「為什麼？為什麼突然要我這樣做？還要讓所有人免費知道！任何正常人都會把我當傻子。

「我當初進行了考察，把僅剩的一切全投進去，害得公司現在也倒了。阿納絲塔夏吩咐我寫的書，我寫完了，我們之間都扯平了。你們的目標與哲學雖然我不太明白，但因為我答應過阿納絲塔夏，所以還是出書記錄下來。至於雪松油的事，我清楚得很。我知道可以從中獲益多少，所以絕不向任何人透露製油的技術。等我賺到一點稿費後，我會開始自己產油，要重拾以前的一切，將輪船、公司統統拿回來。我還想買臺筆記型電腦來打下一本書。

「我現在連個家都沒有，沒有地方可住，所以要買輛露營拖車來住。不僅如此，等我有錢了，我還想為俄國軍官豎立紀念碑，雖然他們還活著，內心卻千瘡百孔。我們的冷酷總是撕裂他們的心，他們的尊嚴與良知一直受到唾棄，而始作俑者竟是各代軍官上戰場保衛的那些人！你們在森林裡過得恬適安逸，卻有人戰死沙場。世上擁有『靈性智慧』的人比比皆是，他們張口閉口都是心靈，實際上卻光說不練。我可是做了一些事，您現在卻要我按您吩咐的去做！不可能，休想！」

「阿納絲塔夏其實替你決定了抽成，我知道是雪松油銷售的百分之三。」

「雪松油可以賣到三百元，而我只能拿區區百分之三！？我知道雪松油的全球行情，但別人賣的是療效弱好幾倍的油品。我都調查好了。別人不懂得如何正確提煉，現在只有我一個人知道。一切都如她所說的，只要能全程正確地生產，世上沒有任何油的療效能比得上雪松油。科學也這樣證實了，帕拉斯曾說雪松油具有返老還童的能力。而您竟要我按照您的吩咐，您一定把我當傻瓜了。我閱覽無數的文獻，還派人到檔案館驗證她說的話，最後也得到證實。做這些事可是所費不貲。」

「每件事都調查，表示你無法馬上相信阿納絲塔夏，也因為不信任而浪費了時間和金錢。」

「是的，我都調查過了，因為不得不這樣做。現在我不會再當傻瓜了。您說『為所有人升起的黎明』，拜託——『黎明』？在這樣的黎明之下，我仍然會是個傻瓜。我書寫了，一切都照她的要求。我還記得她曾強調：『你什麼都不要隱藏——不管壞的、好的。收斂自己的傲氣，別怕被恥笑或誤解』。我毫不藏私，可最後得到了什麼？

「我在書中就像個笨蛋，別人看著我的眼睛，說我沒有精神、無知、沒文化又膚淺。甚至還有個來自科洛姆納的十三歲女孩，她在信中直指我的缺失。更有位女性從彼爾姆來找我，直接對著門口說：『我倒想看看，阿納絲塔夏究竟在他身上發現了什麼過人之處』。『你不要藏私——不管壞的、好的。收斂自己的傲氣、別怕被恥笑或誤解』。只有她知道一切！她自己在書中的形象非常好——大家都這樣說。而我呢？這都是因為她，要不是有小孩，這些事她也可以處理……唉，我說說罷了！我按照她的要求，誠心誠意地寫下所有事情，別人卻說我『沒有情感，又是個懦夫』。

「是啊，我就是個十足的笨蛋，讓自己落得這步田地。我聽了她的話，把自己寫成這樣的人。大概到我生命的最後一刻，都無法洗刷這樣的恥辱，死後也還是會成為笑柄。這本書有了自己的生命，會比我活得更久！就算我不再印刷，又有什麼差別呢？早已有人非法印製了，用影印機試圖再版。」

我突然停下來，看見老人家的眼角緩緩流下淚。我在他身旁坐下，他還是低頭不語，隨後又說：

「請你明白，弗拉狄米爾，我的寶貝孫女阿納絲塔夏能夠預見許多事物，但她什麼都不要。她不為名利，只把部分榮耀歸於自己，這卻讓她身陷險境，只為了拯救你。你在書中呈現的真實形象，的確都是她安排的。但她不是要羞辱你，而是這樣才能救你。她將巨大的黑暗力量都往身上攬，你卻用憤怒與誤解來傷害她。你想想看，一個女人要不是出於純粹的愛，能夠如此輕易地堅持到底嗎？」

「讓所愛的人被當成笨蛋，這算哪門子的愛？」

「被人當成笨蛋，並不表示你就是，只有把阿諛奉承當成真理的人才是。你自己想想，你想在別人面前表現出什麼樣子？是高高在上，還是聰明過人？這大可在你寫第一本書的時候描述，但然後呢？……傲慢與自負會毀了你。就算再開明的人，也沒有幾個能抵抗這樣的原罪。傲慢會使人的形象變得不自然，掩蓋了活著的靈魂。所以無論古今的哲學家和天才，很少有人能夠創作的，因為在他們寫下第一個字時，自負就會讓他們失去天賦。然而，我的寶貝孫女阿納絲塔夏在你身上施了屏障，隔絕了阿諛奉承，避免你恃寵而驕，現在這些都無法使你動搖。她會將你從更多的惡習中拯救出來，保護你的靈魂、你的肉體。

「你會誠心地寫九本書，大地會因愛的空間而綻放光輝。在寫完第九本書的最後一句後，你就會明白自己是誰了。」

「是誰？難道現在沒有人可以告訴我嗎？」

「你到底是誰，這問題並不難。你就是現在的你，就是你感覺中的你。你最後會成為什麼樣子，大概只有阿納絲塔夏知道了。阿納絲塔夏會等你，用愛過著每一刻。

「就算住在城市公寓裡的那些人稱你為懦夫，那也無所謂，你就幽默以對吧。而且，你還可建議這些人卸下所有裝備，進入泰加林三天，與熊在洞穴裡共枕眠。為了讓他們有完整的體驗，請他們與一名精神異常的女子相處看看——你對阿納絲塔夏的第一印象就是這樣吧？」

「是的，大概是這樣。」

「讓那些批評你的人與精神異常的女子睡，讓他們待在那充滿狼嚎的森林深處，你覺得怎麼樣？」老人家狡猾地說著。

一想到他說的那些畫面，我笑了出來，而老人家也一起大笑。接著我問他：

「阿納絲塔夏能聽見我們說的話嗎？」

「她會知道你的所有事情。」

「那麼請她不要擔心，我會告訴大家如何提煉雪松油。」

「好，我會告訴她的。」老人家允諾，「但你還記得阿納絲塔夏說的提煉過程嗎？」

「嗯，我還記得。」

「那你講一次給我聽吧。」

31 如何提煉出具有療效的雪松油

一般來說，雪松油並不難提煉。大家熟知的現行技術我不再贅述，不過兩者之間的微妙差異，就得說個明白了。

採集松果時，不能像現在一樣用木鎚或木棒敲打雪松，以免雪松油的療效銳減。只能用雪松自然掉落的松果，譬如說被風吹落，或像阿納絲塔夏一樣用聲音擊落。松果掉到地上後也應由善良的人採集，最好是經由小孩的手。總之，之後的所有步驟都應帶著善良與光明的念頭進行。

「現在到西伯利亞的鄉村，還是找得到這種人。」阿納絲塔夏非常肯定。這樣做到底有何意義，實在難以說明。不過，聖經曾提過所羅門王也在尋找精於伐木的人，只是也沒解釋他們和普通人有什麼差別。

松果剝開後的果仁要在三個月內榨油，一旦過期品質就會明顯惡化。在榨油的過程中，果仁不能碰觸金屬。一般來說，雪松油絕對不能與金屬接觸。

雪松油可用來治療任何疾病，不需要診斷。也可以加在沙拉裡食用，或是一天一匙服用，不過最好是在日出，下午也可以。反正重點是要在白天食用，不要是晚上。

「只怕會有人仿冒。」我告訴老人家，而他露出狡猾的神情，幽默地回答我：

「那現在來想辦法防範，同時也來商量你該有的抽成。」

「要怎麼防範？」

「得想辦法啊，你可是企業家呢！」

「那是以前了，我現在根本不知道自己算什麼。」

「那就一起想想吧！如果有不正確的地方，請你糾正我。」

「好的。」

「成品應由專業人士以儀器檢查，大概就是醫生、科學家之類的專家。」

「對，他們可以提供證明。」

「不過，儀器無法完全精準，還得試味道。」

「應該可以。葡萄酒的優劣都是由品酒師判定，沒有儀器可以取代。品酒師非常瞭解葡萄酒的味道，對氣味和味道非常敏銳，但油品要由誰判定呢？」

「就由你檢查。」

「我該怎麼檢查？我只有喝過普通的油。這種油在製作的時候，並未採用阿納絲塔夏建議的技術，而且我還有菸癮。」

「在檢測油品的前三天，你得不煙不酒，不要吃任何肉類及脂肪。這三天也不要跟任何人說話。這樣一來，就可以開始試味道，分辨正常和仿冒的油。」

「要用什麼比較？」

「就用這個。」老人家從麻布袋拿出約兩根手指寬的空心木棍，其中一端有條像是軟木塞的突出物。「這是真正的油，你嚐嚐看，這不會和其他味道搞混的。不過，我要先趕走你因抽煙和其他惡習而累積的一些東西。」

「要怎麼『趕走』？像阿納絲塔夏那樣嗎？」

「是的，大概如此。」

「但阿納絲塔夏說過，只有愛人之間才能用愛的光線，為對方消除疾病。溫暖愛人的身體，甚至讓腳底也出汗。」

「用愛的光線，完全正確。」
「但您畢竟無法像她一樣愛我。」
「不過我愛我的孫女，就試試看吧。」
「好。」
老人家瞇起雙眼，開始目不轉睛地看著我，完全沒有眨眼。有股溫暖的感覺充滿全身，但跟阿納絲塔夏的注視比起來弱了許多，最後並沒有成功。他仍嘗試各種方法，最後直到他的雙手開始顫抖，我才感覺到身體微熱，可惜效果有限。老人家還是不放棄，而我也在等待。突然間，我的腳底冒出一堆汗，之後腦中有股清新的感受，還帶有氣味……我感受到空氣的氣味了。
「啊，成功了。」他疲憊地靠著椅背，「現在把手給我。」
他打開軟木塞，從空心木棍將雪松油倒在我的手掌上。我用舌頭舔了舔，上顎和口腔充滿一股令人愉悅的溫暖感。我接著立刻感覺到雪松油的氣味，的確很難跟其他氣味混淆。
「現在記住了嗎？」老人家開口問。
「記住了，這有什麼困難？有一次我在修道院吃了馬鈴薯後，就記了很長一段時間，過了二十七年我還記得那個味道。只剩下一個問題，民眾要怎麼知道雪松油是不是檢查過了？怎麼確定是真的油？我親眼看見市面已經有很貴的油，而且還是進口包裝。這種價格很容易誘使他人仿冒啊。」

「沒錯，現在都是金錢至上，所以要好好想一下。」

「看吧，沒法子了！」

「阿納絲塔夏說了，這些錢可以拿來用在好的地方，我們試著往這方向想吧。」

「別人該想的都想過了，像是什麼伏特加怎麼防偽，但是……有人試著改過標籤、瓶塞，還有人用貨物稅章來防偽，但全都白費心機。仿冒品從以前就有了，未來還是會層出不窮。況且，現在的影印機還能印出所有標籤呢。」

「連錢都能印嗎？」

「錢就難一點。」

「那好，就像標籤那樣把錢黏在瓶子另一面吧，這樣錢就能用在好的地方了。」

「什麼，把錢黏在上面？胡扯什麼呀？」

「請給我一張紙鈔，任何幣值都行。」

我將一張紙鈔給他。

「來，很簡單。把紙鈔拿著，對半剪開後黏在包裝盒上或其他地方，另一半藏在你覺得合適的地方，或是放在你們的銀行保險箱。你看，這兩邊的號碼是一模一樣的，所以只要有人想確認油是不是真的，兩相比對後就知道了。」

「這老人家，」我心裡想著「頭腦挺不錯的。」接著開口說：「應該沒有更好的仿偽措施了，您真厲害。」

他笑了起來，且邊笑邊說：

「那我也要抽成，共分吧！」

「抽成？什麼抽成？您想要多少？」

「我要一切都恰到好處。」老人家又嚴肅起來，接著說：「除了百分之三外，你可以再拿百分之一把雪松油包裝好，免費送給你認為需要的人，就算是你或我送人的禮物。」

「好，我答應。您想得真是周全，太優秀了。」

「周全嗎？那阿納絲塔夏一定會為我們感到高興的。父親總是認為我太懶惰，你反倒覺得我很優秀？」

「是的，非常優秀！」然後我們又笑了起來。我接著說：「請您轉告阿納絲塔夏，您也能成為傑出的企業家。」

「真的嗎？」

「當然！您能成為『新俄羅斯人』[10]，還是數一數二的。」

「我會轉告阿納絲塔夏的。還有，我也會跟她說，你會將雪松油的事與大家分享。這樣全盤托出，會不會後悔？」

「有什麼好後悔的？這得耗費許多心力，而我會如願趕快寫完第三本書，並且繼續從商、貿易或是其他正當的事。」

10 泛指蘇聯解體後靠商致富的新一代俄羅斯人。

32 標題！（不知該怎麼下標，想到的人就自己下吧）

我決定和阿納絲塔夏的祖父說，現在有人要幫助我們：

「目前有很多關於阿納絲塔夏的文章，學術界和宗教界都在談論她，對她有各種不同的評論。現在有個製作團隊——成員都很虔誠且不惹人厭——他們提議與我簽約，表明會支付一定費用，在媒體上獨家說明並評論阿納絲塔夏的言論。我答應了。」

「弗拉狄米爾，你是為了多少錢，而把阿納絲塔夏賣給他們？」

他問話的口氣和意圖讓我感到不是滋味，所以我回答：

「什麼意思？賣？我可以把書中沒寫到的告訴他們，讓宗教人士可以對阿納絲塔夏的言論有個人見解與詮釋。他們希望與她見面，甚至打算出資考察，而我答應了，這哪裡不好了？」

老人家沉默不語，而我沒等到他回答便又繼續：

「他們會付給我權利金，這是我們這裡做事的方法——以金錢交換服務。他們出版後甚至會賺更多。」

老人依然低頭不語了許久，然後似乎想到了什麼，對我說：

「這表示說，身為企業家的你把阿納絲塔夏賣了，而自認為世界上最虔誠且內行的他們決定買下她。」

「您這樣說太奇怪了，我到底是做錯了什麼？」

「告訴我，弗拉狄米爾，你和他們那些所謂的『宗教人士』，是否曾想過去詢問、知道或瞭解阿納絲塔夏想要談話的對象、時間和形式嗎？難道你們到別人家做客之前，不用先得到主人的同意嗎？何況，她根本沒邀請他們任何人來做客呀。」

「如果她不想與他們往來，那就不要勉強。她可以不用簽約。」

「但合約你已經簽了！她打算和大家分享所知，但要怎麼說是她的權利。而且，如果她選擇以出書和你的文字呈現，誰又能指使她或另有要求呢？她早有了選擇，但偏有人企圖左右她，又懷著司馬昭之心。她絕不會和那些自視甚高的人來往，因為她知道，如果和這些自我中心的人談話，她心中的神聖真理將會遭到曲解、顛倒或竄改。」

「為什麼您總是先往壞的一面想？這些人有心學習各種思想，而且非常虔誠。」

「『最虔誠』都是他們自封的，這種思想上的自我中心就是傲慢的極端，也是最致命的原罪。」

我內心起了一股無名火。我還沒拿到合約的錢，所以解約還來得及。過了一段時間後，眼看沒什麼異狀後，我便和一所宗教中心簽了專訪合約，讓他們可以獨家訪問我。這次也是因為他們不惹人厭，又有豐富的宗教涵養，更何況合約只與我有關，所以我有權做主。然而，我和他們再次掉下陷阱，最後又好像是我間接賣了阿納絲塔夏，讓他們買下了她。

這次還不是阿納絲塔夏的祖父，而是一名莫斯科的記者發現，她讀完合約後氣憤地說：

「噢，真是愚蠢啊！你居然賤價賣掉了阿納絲塔夏。仔細讀一讀，看看每一行在寫什麼吧。你把獨家轉播權給了別人，讓他們能在自家的知名資訊頻道上，隨心所欲詮釋並利用你對阿納絲塔夏的評論。除此之外，無論他們說了什麼，你還無權質疑他們的意見。」

我實在難以判斷她講的到底有幾分真，所以就在這列了幾點合約條款：

壹、合約標的物：

一、**甲方**授予自身影片之獨家轉播權，以及其他與電視節目《阿納絲塔夏》（以下簡稱「節目」）製作直接或間接相關的影片素材獨家使用權。前述權利係授予**乙方**，且適用於全球所有國家。

二、**乙方**承諾自費製作三部長約三十至四十分鐘之節目，並採用Betacam專業攝影機各錄製一份。

三、**甲乙雙方**茲同意並瞭解，攝影棚、製片廠與電視（包括有線電視）的作業、任何設備拍攝的影片素材，以及影片素材的特定主題使用，皆屬於乙方專屬之權利。本合約生效期間，**甲方**不得於接受影片訪談及製作任何影片素材時，直接或間接使用節目所提之概念和術語。

我分析了《阿納絲塔夏》撰寫、出版與銷售之後的種種事件，最後得出一個結論：那些自稱「宗教人士」的人都有內心恐懼的黑暗面，所以不停地想讓別人去相信並信服他們的虔誠。這或許是他們害怕別人看見自己的黑暗面吧。

與企業家相處就簡單多了，他們的行動及目標都坦蕩蕩，很少裝模作樣，所以能比較誠實面對自己、旁人與社會。我的意見或許有誤，但離事實不會太遠。

《阿納絲塔夏》是由三位莫斯科的大學生打字，他們從未想過能否早點拿到酬勞，也沒提過什麼宗教。軍官退役的莫斯科十一號印刷廠廠長葛魯恰還自費出版，印刷量少到一定會虧損，但身為企業家的他，也從未說過宗教。莫斯科一家商業公司的經理尼基京出錢再刷，我後來發現他不是要賣書，反而要我拿大部分的書去賣，還不限制什麼時候要回收成本。他也從來不談論宗教。

後來「宗教人士」也想來分一杯羹，私底下印了四萬五千本。這家「虔誠的」公司被人發現後，還辯稱自己是出於信仰，想為人類帶來光明。他們承諾會支付作者稿酬，到現在還是只會光說不練。這還不是唯一的案例。總之，「宗教人士」似乎都不在乎帳單，尤其在欠債時更是如此。

至於專屬權的授予，我決定在本書聲明：我不會再授予任何人詮釋阿納絲塔夏的專屬權。如果有人宣稱獲得授權，請讓大家知道我並非出於自願！

為什麼要說「自願」呢？那位莫斯科記者在協助我解約後，不久後就收到不明人士的恐嚇。他們是誰？想要什麼？「宗教人士」就是這樣！用威脅來支撐自己的信仰。唉，我知道這種勾當，這樣做的大有人在。我想告訴所有人：與「宗教人士」來往要小心，在做出任何決定之前，務必要冷靜且三思，搞清楚這些「宗教人士」究竟有什麼意圖……

此外，我曾在第一本書中寫到，我建議阿納絲塔夏本人到電視台上節目，但她婉拒了。當時我不知道為什麼她要拒絕，現在開始明白她真是有先見之明。就在書籍出版之後，對她的言論出現了各式各樣的見解。有些很有趣，有些則有爭議，而有時很明顯看得出來，某些人是出於自身利益來詮釋她的話。還有人直接衝著我來：「你以為自己是唯一有權和她談話的人？」「你又沒辦法全部都懂，讓其他人跟她溝通吧，這樣才會有更大的益處。」她畢竟不是東西，無法說轉讓就轉讓。她是人啊！她自己有權利決定如何做事，選擇跟誰講什麼樣的話。我現在越來越清楚，阿納絲塔夏的確受到有形、無形的黑暗力量襲擊，而這股強大的力量還化身為狂熱與斂財的份子。

「我知道黑暗力量會大量地襲擊我，但是我不怕，我會將兒子生下來、扶養他長大，並看見我的計畫成真。而且，眾人將能穿越黑暗力量的時光。」阿納絲塔夏曾在第一本書這樣說。

阿納絲塔夏那裡的人都會把孩子扶養到十一歲，這表示她還可以堅持十年的時間。

「那之後呢？」我問老人家，「她註定會死去嗎？」

「這很難說，」老人家回答，「那裡的人和她比起來都死得相當早。她不只一次踏上肉體消亡的預言之路，但被人遺忘的法則總在最後一刻爆發光芒，強大到足以超越一切。它照亮了世間存在真理的本質，讓生命停留在她塵世的身軀。」

老人沉默下來再度陷入沉思，用拐杖在地上畫了些符號。我也開始思考：「我有必要蹚這渾水嗎！現在要撒手不管已經不可能了，或許之前可以，但現在有了孩子，說什麼也不能拋下。阿納絲塔夏把兒子生了下來，即使她得照顧他、教育他，她也不會放棄自己的理想——帶領世人穿越黑暗力量時光。她絕對不會放棄的，因為她的個性頑強，這種人一定會堅持到底。而有誰能幫助天真的她呢？如果我撕毀對她的承諾，完全沒有人留在她身邊，到時她會非常沮喪。哺乳的母親可不能這樣，至少要先讓她哺乳完。」於是我問老人：

「我能為阿納絲塔夏做些什麼嗎？」

「試著瞭解她的言論，還有她要的是什麼。到時候，徬徨失措就能變成相互理解，暖流會流過心中，世界將升起新的黎明。」

「您能說得再具體一點嗎?」

「這很難說得具體。很多事都要真心誠意,所以就追隨你的內心與靈魂吧。」

「她曾談過俄國一座小城,說它或許能比耶路撒冷和羅馬富庶,因為四周有許多我們祖先的聖地,要比耶路撒冷的教堂更有意義,只是當地人不曉得而沒能看見。我想去那個地方,改變他們的想法。」

「這種事沒辦法一蹴可幾,弗拉狄米爾。」

「我當時不知道這不可能,才會答應阿納絲塔夏,但現在想必有辦法改變的。」

「既然你不知道這不可能,你就應該去改變。祝你成功!我該走了。」

「我送您。」

「別浪費時間了。不用送我,自己想想該怎麼做吧!」

我看著阿納絲塔夏的祖父沿著林蔭小路走遠,思考即將到來的格連吉克之旅,同時想起阿納絲塔夏,才發現她對格連吉克說的話並非偶然。

33 你的聖地啊，俄羅斯！

我問阿納絲塔夏：

「鳴響雪松常見嗎？」

「相當罕見，」她回答，「或許一千年只能遇上兩三棵。現在除了被救下來的這棵，其實還有另一棵。那棵已經可以砍下，依照原本的用途使用。」

「什麼叫『依照原本的用途使用』，什麼用途？」

「宇宙的至高智慧——上帝——在創造人類與環境時，肯定預想到當人類失去能力後，要賦予他們機會恢復所有，利用非物質世界累積的智慧。這種智慧自古以來便存在，只是人類因種種過錯而喪失了感知的能力。

「我的祖父和曾祖父曾和你談過鳴響雪松的非凡療效，不過他們沒有解釋，雪松的節奏和脈動相當接近至高智慧。如果將兩者結合，再加上多數人都有的節奏，那麼只要把手貼在鳴響雪松溫暖的樹幹上，沿著樹幹輕輕撫摸，就有可能沉浸在無窮的智慧中。這樣的人在碰觸雪松的當下或之後，會在思路中意識到很多事。每個人會有程度上的差異，而我要告訴你最高程度的體會。」

「為什麼會因人而異？雪松會挑選嗎？」

「雪松是一視同仁的，節奏和脈動都不會變，但有些人可以產生共鳴並感覺到一切，有些人卻只有些微的體會。許多人剛開始一點感覺也沒有，但是會慢慢地有意識，多少增加感受的機會。」

「我還是不明白，雪松會怎麼挑選？」

「弗拉狄米爾，我跟你說過了，這和樹沒有關係，而是人。我舉個例子……比如說『音樂』好了！你知道當音樂響起時——音樂也有律動和節奏——有的人會仔細聆聽，開始對它產生感覺，有時甚至流下高興、感動的眼淚。其他人聽著同樣的音樂卻沒有感覺，或連聽都不想聽。

「雪松也是如此，只有能夠感覺及明白的人，才能聽出很多東西。這也會在日後——當人想要開始思考時——慢慢發酵。

「女人能從原始起源得到力量與智慧，實現自己的使命，讓意中人、自己及為愛而生的小孩感到幸福。奇蹟的關鍵不在於雪松，而是出自人類的志向。雪松只能從旁協助，不是這種美好事情的主因。」

「太不可思議了！像是個美麗又令人神往的傳說。」

「你不相信我嗎？你認為我說的只是傳說？那何必千辛萬苦來到這裡，奢望我給你看鳴響雪松呢？」

「噢，我並不認為全是傳說。一開始妳的祖父和曾祖父在談雪松時，我也是不相信。直到後來考察回來後，讀了一些科普文獻，才知道有些科學家討論過雪松的療效，更訝異地發現科學家的看法和聖經如出一轍。可是我從來沒聽過像妳說的那樣，可以透過雪松感覺到人與至高智慧——上帝——的連繫。」

「不是你沒細讀科學家或聖經的言論，就是未能掌握其中的要點，要不然你也不會懷疑我說的話。」

「所以是我錯過了什麼嗎？像聖經裡就只有兩處提到雪松：神教人用雪松治病，然後還有潔淨房屋。」

「但聖經還談到所羅門王身為明智的統治者，是如何受到人民愛戴。要知道所羅門王可是歷史人物，不是傳說。」

「那又如何呢？」

「聖經還說這名國王替神用雪松搭蓋了一座聖殿，旁邊的私宅也是用雪松蓋的。他為了取得雪松，找了三萬多名工人從別的王國運來；而且還為了砍下雪松，向另一名國王——希蘭王——請求提供『善於伐木』的人。為了這棵雪松，所羅門王更送出王國內的二十座城。你想想看，為什麼這麼明智的統治者，會願意不惜一切代價，用這種比手邊資源更不耐用的材料，建造聖殿和房屋呢？」

「為什麼？」

「你也能在聖經中找到答案：『祭司從聖所出來的時候，有雲充滿了上主的殿，甚至祭司不能站立供職，因為上主的榮耀充滿了殿。』（列王紀上八10－11）你還能在你們的科學著作中找到間接的證據。」

「太好了，看來可以相信。所以說，雪松將為人類揭開許多秘密，那就請妳告訴我可以砍下的雪松在哪吧。我要把它運到城市，讓世界各地想要摸它的人都能輕易取得。」

「現在地球上哪有這種城市呢？要居民不褻瀆這個聖物，誓言保護它並為訪客提供適當的環境。」

「我會找找看的，為什麼妳直言這很難做到呢？」

「現代人的意識都過度受限於技術治理世界的程序，變成了生物機器人。」

「什麼生物機器人？」

「在技術治理世界的建構原理中，人類發明各種機械和社會秩序，以為是要讓生活更加便利，但事實上這全是錯覺。

「在技術治理的世界中，人類自己變成了機器人。人總是沒有足夠時間思考存在的本質或傾聽他人，甚至連自己的命運也沒空思考，就像個設定好程式的機器人。譬如你，已經親眼看到、親耳聽到，卻仍然對此半信半疑。」

「阿納絲塔夏，我的情況不同。我不會說自己是堅定的信徒，我一般是會相信的，但或許和其他人不一樣。現在我們這有很多真正的信徒，很多人都會讀聖經。他們可以立刻想起自己在聖經裡看到多少關於雪松的事，他們一定會相信並愛惜妳的雪松片。」

「信仰有很多種，弗拉狄米爾。經常有人手裡拿著可蘭經、聖經或其他各代智慧的書，然後說自己相信，甚至還試著教導其他人。然而，他不過像在跟上帝交易罷了：『祢看，我相信祢。發生什麼事可要記得我。』」

「那什麼才算是信仰呢？究竟該如何表達信仰？」

「信仰在於你的生活方式、世界觀、對自我本質和使命的認識、得宜的舉止、人與環境的關係，以及你的思考。」

「也就是說，只有相信是不夠的？」

「只有相信絕對不夠。想像一下在軍中，所有士兵從頭到尾都相信指揮官。他們從不上場打仗，只是堅信他能靠自己戰勝。於是，士兵都坐了下來，看著指揮官一人面對大軍，激昂地喊著：『衝鋒陷陣吧！我們相信你做得到』。」

「不是這樣的，妳這樣比喻不正確，這種荒唐事不可能發生。」

「這種荒唐事確實就發生在現實生活中。」

「不然妳舉個具體的例子，是我們現實生活中的，而不是虛構的。」

「好。俄國有座城市叫格連吉克，它能夠讓人遠離日常塵囂，是一個可以靜心、接觸聖地的地方。

「這座城市裡面和周圍有許多聖地，這些聖地要比現今在耶路撒冷的聖地更重要，也比埃及的金字塔有意義。

「這座城市本可成為全世界最富庶的城市，程度更勝耶路撒冷和羅馬，卻一步一步走向毀滅。這是座度假城市，各種房屋、旅館漸漸人去樓空。當地政府抱持著唯物主義的思維，而看不見能使城市繁榮的寶藏。當他們談起自己的城市，總是在講大海、人工療法、旅館房間的床頭櫃和冰箱，卻完全沒提到聖地。他們自己不瞭解聖地，而且也不願意弄清楚，優先考慮的都是別的事情。

「城裡很多人都自稱信徒，分了許多不同的派別，有些人還積極勸人皈依。是要皈依哪種信仰呢？他們破壞了與環境的關係，甚至正在打破自己所讀的經典戒律，比如說聖經所說的『愛鄰如己』。

「不過，在愛鄰居前得先認識他們，總不能愛個你不認識的人。但是自稱信徒的他們，卻不認識自己的鄰居，不知道住在聖地的祖先。他們可是留給後人取之不盡、用之不竭的聖地寶藏，傳遞他們千年來的智慧和靈魂之光。很多人都自稱為信徒，卻從未注意過周圍的聖地——祖先為了幫助後人而留下的聖地。」

「這座城市到底有什麼樣的聖地？」

「你知道嗎，弗拉狄米爾，在格連吉克的附近，就有聖經裡多次提到的黎巴嫩雪松。這個由上帝親手創造的生命，早在耶穌基督出世前就被談論過很多次了。它就在這座城市的附近，雖然仍是個樹齡只有一百歲的孩子，但已長得非常漂亮、強壯。它之所以能在那兒茁壯，是因為有個受人景仰的人栽種了它——作家柯羅連科（V.G. Korolenko）。多虧他當時受人尊崇，雪松四周才圍起柵欄。可是現在作家的故居卻已荒廢，大家也不再注意那棵樹了。」

「那信徒呢？」

「城裡許多自稱信徒的人從不關心這顆雪松，更不在乎前人留下來的其他聖地。他們恣意破壞……城市也漸漸沒落了。」

「那麼上帝會報復、懲罰他們嗎？」

「上帝是仁慈的，從來不會報復。但沒有人留意他的創造物，祂又能怎麼辦呢？」

「太不可思議了！真有這麼一棵樹存在嗎？必須查證一下。」

「確實存在，而且城市周圍還有其他許多聖地，世人卻以技術治理的觀點相待，就好像是對待智慧法老的金字塔那般。」

「什麼？妳怎麼知道埃及的金字塔？」

「感謝歷代祖先為我留下來的能力，讓我能與思想及智慧的次元溝通。透過這種溝通，我可以知道你在思考且感興趣的一切。」

「等等，我來考考妳。告訴我，妳知道埃及金字塔的秘密嗎？」

「知道。就我所知，金字塔的研究者都把時間花在物質層面，他們最感興趣的是金字塔的興建方法、規模大小、各面的關係、裡面藏著什麼寶藏、放了什麼東西。他們認為當時的人是基於迷信而興建，推斷金字塔只是用來保存寶藏、法老的遺物、遺骸與榮耀。他們卻因此遠離了最根本的意識層面。」

「我不懂，阿納絲塔夏。遠離了什麼意識層面？」

阿納絲塔夏安靜了一會，似乎在看無窮的遠方，接著開始說起一段奇妙的故事：

「你知道嗎，弗拉狄米爾。地球遠古人類擁有的各種能力，能讓他們遠比現代人聰明。原始的人類能輕易且完整地利用充滿宇宙的訊息庫，這些訊息是由至高智慧——上帝——創造。祂、人類本身、人類的思想都對此有貢獻，讓訊息庫龐大到能夠回答任何問題。它相當不顯眼，答案只會在一眼瞬間，出現在提問人的潛意識中。」

「那麼，這給他們帶來了什麼？」

「他們不需要太空船飛往另一顆星球，因為只要內心渴望，就能看見那兒的事。

「他們不需要電視、電話、纏繞地球的通訊纜線，甚至文字也不用，因為你們從書上得到的訊息，他們都能透過其他方式瞬間取得。

「他們不需要工業生產的藥物，只要在需要時稍微動動手，便能獲得所有最好的藥物，因為那就存於大自然中。

「他們不需要現代的運輸設備，不需要汽車和食品加工系統，因為這一切都已經提供給他們了。

「他們明白，地球上某個地區的氣候變遷，是遷移到另一個地區的信號，好讓之前的地方得到休息。他們熟知整個宇宙，以及自己的星球。他們是思想家，知道自己的使命。他們讓地球變得完美，宇宙的一切都無法媲美。他們的智慧僅次於宇宙的至高智慧——上帝。

「大約在一萬年前，橫跨現在歐亞北非和高加索的文明之中，人與宇宙智慧的連結開始部分或完全地減弱。從那刻起，人類開始走向全球浩劫。生態、核能、細菌……無論哪種災難，都如同科學家所預言到的，或者古代宗教所影射述說的一樣。」

「等等，阿納絲塔夏。我完全搞不懂這些『殘疾人士』的出現，與全球浩劫有何相干？」

「你用現代的術語『殘疾人士』來形容他們，真是非常貼切。是的，他們是殘疾人士，有缺陷的人。現代人如果失去視力，會需要什麼？」

「需要有人引導。」

「如果失去聽力呢？」

「需要特殊設備。」

「如果沒有手或腳呢？」

「需要義肢。」

「可是他們失去的是更重要的東西。他們和宇宙智慧之間沒了連結，失去了能夠改善、管理地球的知識。想像一下，如果超現代的太空船船員，突然間失去百分之九十的智力。無法思考任何事的他們開始拆下機殼，在太空艙室裡升火，拆毀控制台的設備，當做自己的裝飾品、玩具。發瘋的船員正可比喻那些人，而你所謂的那些『有缺陷的殘疾人士』，先是發明了石斧、長矛，再來……思想持續進展之下，最後發明了核彈頭。時至今日，他們仍一意孤行到難以理解的地步，不斷破壞完美的創造物，用粗糙的發明替代。

「他們的後代開始有越來越多的發明，卻也破壞了地球比現代更完美的自然機制，創造出各種人工的社會結構，接著開始互相爭權奪利。

「這些機制、機器無法像大自然一樣自力更生，不僅不能夠繁殖，受損時也無法像樹木一樣自行復原。因此，技術治理者需要很多人替這些機制服務，事實上就是把一部分人變成生物機器人。這種機器人失去了認知真理的能力，所以容易受人擺佈。舉個例子好了：若先是透過人工的資訊媒介，在他們的腦中植入『需要建立共產主義』的程式，並創造特定顏色的符號、徽章和旗幟。然後，再使用相同的媒介，在其他人的腦中灌入『共產主義不好』的程式，提供別的符號、顏色。接下來，這兩組不同程式的人馬會互相憎恨，恨不得將對方趕盡殺絕。

「這一切都始於二萬年前，越來越多人失去和至高智慧的連結。我們的確可以說他們瘋了，因為沒有任何生物能像他們這樣汙染地球。

「在那遙遠的時代，仍有少數人可以自由利用宇宙的智慧。他們由衷希望，當空氣骯髒到難以呼吸，水源汙染到無法飲用，發明的人工維生設施——不管是科技設備，還是社會制度──都變得是種累贅，越來越常引發事故時，人類能開始反思……

「站在深淵邊緣的人類會開始思考存在的本質，反思自己存在的目的與意義。到時會有很多人想要明白原始起源的真相，但前提是必須先恢復人類原初的能力。

「生活在一萬年前的少數人仍有這樣的能力，基本上都是群體的領導者──部落首領。他們──或說是別人依照他們的指示──以厚重的石板建造特殊的結構。以石板圍成的內部石室大小約為一點五乘以兩公尺，高度在兩公尺左右，有時大一些，有時則小一些。石板會微微傾斜向內。有些石室是由整塊巨石刻成，有些則藏在地底下，用土堆覆蓋著。在石室的一面牆上，會鑿出直徑約三十公分的錐形孔，再用完全吻合的石頭塞住。

「安葬在此種墓穴的人，並未喪失利用宇宙智慧的能力。當時仍在世的人，甚至千年以後出生的人，都能前往墓穴，為他們感興趣的問題找到答案。要做到這點，必須在石室旁靜坐。有時馬上就能獲得答案，有時答案會來得晚一些，但是肯定會有。這些結構和在此永別的人，成為了訊息接收的媒介，讓我們更容易和宇宙的智慧溝通。

「這種石砌結構是埃及金字塔的雛形，只是金字塔的接收能力比較弱（雖然體積大很多），不過兩者的本質和功能是一樣的。

「安葬在埃及金字塔裡的法老也算思想家，他們保留了原始起源的部分能力。

「但如果要透過金字塔得到問題的答案，活著的人不能獨自前往金字塔，而是要連同許多人。他們要沿著四邊站，將視線和思考向上，像是掃過金字塔的斜邊直達頂端。

「在頂端那兒，眾人的目光和思想匯聚成點，形成能夠接觸宇宙心智的管道。

「就算是現在，我們也能用同樣的方法得到想要的答案。思考匯聚的地方會產生類似輻射的能量。如果把感測器放在金字塔頂端的匯聚處，會偵測到這種能量的存在，站在底下的人也會有不尋常的感覺。

「噢，要不是現代人高傲的罪過、普遍存在的錯誤觀念，認為過去的文明不高明……現代人早就可以解開金字塔真正的意義了。現代的研究者都只關注興建的方法，卻仍然不得其門而入。其實答案很簡單：在建造金字塔的期間，除了體力和各種工具外，他們隨時會用意念來減少地心引力。擁有這種能力的人都會協助工人興建金字塔。現在還是有些人可以利用意志，來移動小東西。然而，比起和宇宙心智接觸的效果，金字塔還是與體積小、更早出現的石砌結構差了十萬八千里。」

「阿納絲塔夏，為什麼？是因為結構、形狀嗎？」

「弗拉狄米爾，因為是活的人走到裡面等待死亡。他們的死很不一樣，是走進了永恆的冥想。」

「妳說的是什麼意思，活的人？為什麼？」

「為了為後代創造機會，讓他們能夠恢復原初的力量。上了年紀的人——通常是智慧過人的首領，或是部落的元老——如果感到殘生將盡，就會要求親戚、家人將自己安置在石室。如果大家覺得他是值得的，就會幫他達成心願。

「大夥推開沉重又巨大的石板蓋，讓他進入石室後再度蓋上。裡面的人完全與外在的物質世界隔絕，眼睛什麼也看不見，耳朵什麼也聽不到。在這麼一個與世隔絕的環境下，甚至想後悔的機會都沒有，不過也尚未進到另一個世界。關閉平常使用的感官（視力和聽力），卻能打開和宇宙心智完全溝通的可能性，理解各種現象和地球人的行為。最重要的是，他們日後能將生前所思傳給活著的人，以及他們的後代。現在你們大概會將這種狀態稱為『冥想』，但這和永恆的冥想比起來，只能算是小兒科。

「後來的人來到石室，拔出塞住洞口的石頭。他們會開始沉思，探詢縈繞在石室內的思想。智慧的精神是永遠存在那兒的。」

「阿納絲塔夏，但要怎麼向現代人證明這種地方確實存在，還有前人走進永恆的冥想？」

「可以證明！我正要告訴你。」

「怎麼證明？」

「非常簡單，因為這些石室……仍保留至今。你們現在把它稱為石墓，看得到，也摸得到。你大可查證我所說的一切。」

「什麼？在哪？可以和我說在哪個地方嗎？」

「好的。像是在俄羅斯境內，離高加索山脈不遠處就有好幾座城市，現在叫做格連吉克、圖阿普謝、新羅西斯克和索契。」

「我會專程去這些地方查證。實在令人難以置信，我一定會查證的。」

「當然，去查證吧！這當地人都知道，只是不認為它重要。許多石墓已經被洗劫一空，大家不了解它的真正目的，不知道能透過它來和宇宙的智慧接觸。進入永恆冥想的先人，無法再以物質形體出現於世上，為了後代犧牲了永恆。然而，他們的知識和能力卻無法延續，這才是他們最大的悲痛和擔憂。

「至於要怎麼證明是活人走到裡面等待死亡，可以從石墓中發現的骨頭位置確定。有些死者是躺著，有的坐在角落，或斜靠在石板上。

「現代人早已證實這件事了。你們的科學家也描述過，卻還是認為它不重要，從未認真研究過。石墓遭到當地人破壞，石板還被拿來當建材。」

阿納絲塔夏黯然低下頭，沉默了一會兒。我答應她：

「我會去解釋，去跟他們解釋這一切，不再讓他們盜墓、破壞，也不會再嘲笑。他們只是不知道……」

「你覺得解釋會有用嗎？」

「我試試看。我會去這些地方，然後解釋看看。目前還想不到其他方法。我會找出這些石墓，並且鞠躬表示敬意，並和大家解釋一切。」

「太好了。到時如果你去了這些地方，也請到我祖奶奶長眠的墓前致敬。」

「太不可思議了！妳怎麼知道妳的先人住過這些地方，還知道她是怎麼死去的？」

阿納絲塔夏回答：

「弗拉狄米爾，怎麼能不知道先人是怎麼生活、做了什麼？他們想要什麼、追求什麼？我的祖奶奶尤其值得後人的追懷，我們家族的所有母親都傳承了她的智慧，至今她也還在幫助我。

「我的祖奶奶就是這樣的女性，她完全知道在哺育嬰孩時，該怎麼賦予他和宇宙心智溝通的能力。當時的人類已經和現在一樣，忽略了這種能力的重要性。哺乳時絕對不能因外務分心，要全心全意想著孩子。而她知道該想什麼、怎麼想，所以她想把自己的知識傳給所有人。

「她在還沒很老的時候，就請首領將她安置在石墓。因為她知道首領已垂垂老矣，而下一任首領絕對不可能答應她的請求——女性很少能進入石墓。老首領相當敬重我的祖奶奶，敬佩她的知識，所以答應了她的請求。只是她不能強迫男性推開厚重的石板，更不能要求他們在她進入後推回。因此，這個任務只能由女性獨自完成。

「可是已經很久沒有人前往她的石墓，沒有人對她的知識感興趣。她是如此渴望把知識傳給每個人，想讓孩子都能幸福，父母都能開心。」

「阿納絲塔夏，如果妳允許，我就去拜訪她的石墓，請教她在哺乳時該想什麼、怎麼想。請妳告訴我位置。」

「好的，我會告訴你，只是你不會明白。你畢竟不是哺乳的母親，無法體會母親哺育孩子的感覺。只有女性——哺乳的母親——能夠理解。你只要去摸摸石墓，想想她的好，她就會非常高興了……」

我們沉默了一段時間。我很訝異她竟能精準指出石墓的位置，好讓我在日後查證。我也不再懷疑石墓是否真的存在。不過，我還是要求她向我證明，是否真有可能與我無法理解的無形宇宙智慧接觸。阿納絲塔夏回答：

「弗拉狄米爾，如果你總是懷疑我所說的話，那麼無論我提出多少證據，你都會疑惑而無法相信，要我花更多的時間解釋。」

「妳別感到委屈，阿納絲塔夏，只是妳這種非比尋常的隱士生活……」

「怎麼可以把我稱為隱士，我不只有機會與地球的一切接觸，甚至還可以做得更多。世界上，很多人的身邊都圍繞著與自己一樣孤獨、封閉的人，這些人才是隱士。獨自一人並不可怕，在人群中感到孤獨才教人害怕。」

「話說回來，要是從知名科學家的口中說出，的確存在文明思想所創造的次元，那麼大眾還是會傾向相信科學，而不是妳說的話。現代人就是這樣，覺得正式的科學才是權威。」

「的確有這樣的科學家，我看過他們的想法。我不能說出他們的名字，但照你們的標準，一定是舉足輕重的科學家。他們有豐富的思考能力。你回去後可以自己去查證，對照我所說的一切。」

＊＊＊

抵達高加索後，我在格連吉克附近的山上發現石墓，並用彩色相機拍了一些照片。大家都是在地方歷史博物館裡認識石墓，只是並未善加重視。

我還找到阿納絲塔夏祖奶奶長眠的石墓。我在墓前鞠躬示意後，便把花放在長滿青苔的石門上。

我看著這些石墓，心裡想著這就是最好的證明，既看得到，也摸得到。我在來此之前，重讀了《列王紀上》的所羅門王，思考他與雪松之間的關係。和科學沾不上邊的我，不打算翻閱大量的科學論文，來證明阿納絲塔夏說過的話。然而，這名來自西伯利亞泰加林的年輕隱士，似乎已經能用現代科學的語言，從遙遠的一方證明自己所說的真理，這實在還是令人難以置信。許多讀者還自行帶來或寄給我有關宇宙心智存在的科學著作。

我在書的開頭就提過兩位科學院士的觀點，一位是俄羅斯醫學院院士、臨床暨實驗醫學所所長卡茲那雪夫，另一位是俄羅斯科學院國際理論暨應用物理所院士阿基莫夫。兩人都曾在一九九六年五月的《奇蹟與探險》雜誌發表文章。

＊＊＊

這篇關於格連吉克聖地的章節，是在這座城市裡寫成，隨後由友誼療養院的員工馬琳娜·達維多夫娜·斯拉布基娜輸入電腦。這本書出版之前，療養院的員工都讀過了。在這期間，還發生了……

事情發生在一九九六年，莫斯科時間十一月二十六日十點三十分，表面上不是什麼聳動或異常的事件，可是……我確信這攸關著全世界。

格連吉克區普沙達村附近山區的一座石墓，來了一群婦女。她們是友誼療養院的員工，分別是拉里奧諾娃、格里巴諾娃、茲偉金采娃、扎伊采娃、庫羅夫斯卡雅、塔拉索娃、羅曼諾娃，以及斯拉布基娜。

其他遊客來此大多是為了欣賞大自然之美，閒來無事來看看山上這座孤單的石墓。可是這些人——或許是千年來第一次——為了緬懷祖先特地參拜這座石墓，向一萬多年前的人類記憶致敬。宗族的英明領袖出於自願，活著進入石墓閉關。他當初活著進去，為的是要將宇宙的智慧流傳千年，造福所有後代。

實在難以計算，他的努力究竟遭世人冷落了幾千年。我們世代的破壞痕跡卻烙印在古代的石板上——現代人胡亂塗鴉、將石門強行鑿開。來到石室的人（至少在上個世紀），從未想過安葬在此的先人，忽略他的智慧、願望，以及為活著的人奉獻自己的渴望。我在看過幾本革命前和比較近代的專書後，清楚證實了這一點，實在令人感到惋惜。

科學家、研究人員、考古學家驚訝的都是石墓本身的大小，想要確認當初是如何加工並搬運好幾噸的石板。

而現在……我看著站在石墓旁的婦女，看著她們帶來放在墓前的花束，心裡想著：「我們聰明的祖先啊，這是幾百年來，甚至幾千年來，你第一次收到花束呢。你的靈魂現在有什麼感覺？此時此刻的星光界會發生什麼事？我們久遠卻又如此親近的祖先啊，你們是否覺得這束花第一次代表了自己的努力沒有白費？你們現代的子子孫孫，會渴望達到更高的意識。

這僅僅是第一束花，將來一定會有更多的。但這第一束花也是最難得的，你們可要幫助現代的人理解宇宙的智慧，幫助他們提高意識。你們是我們的遠祖啊！」

這次前來石墓的還有格連吉克市衛生防疫局的稽查員波克羅夫斯基。當地導遊兼歷史學家的拉里奧諾娃，請他來測量石墓的輻射量。

她曾經告訴我，有一次在參觀石墓的時候，有位遊客帶的蓋氏計數儀偵測到高輻射。為了不要嚇到其他遊客，他把拉里奧諾娃拉到一旁，給她看了看儀器，告訴她石墓附近有輻射。

衛生防疫局員工這次提著特殊工具箱，裡頭裝著相當精密的儀器。他在還沒接近石墓之前，就開始偵測土地的輻射，一直持續到抵達墳墓。他甚至還偵測了石墓的內部。

拉里奧諾娃為她們導覽時，我卻感到心急如焚，擔心稽查員會向大眾公佈輻射的偵測結果。這就表示輻射不再只是遊客的觀察，而會變成官方的結論。一旦大家知道有高輻射，可能就不會有人想來石墓了。阿納絲塔夏告訴我，這種類似輻射的能量時而出現、時而消失，而且可以控制，對人體有益無害。然而，我們現代人要是聽到這名「不太正常」的女性所說的，牴觸了現代科學的論點，以及現代儀器證實的事實（況且還是現代人相當害怕的輻射），他們會做何感想呢？

「天啊，」我心想，「阿納絲塔夏真是可憐！她是如此渴望世人能以不同的態度，更加愛護這些古老又特別的祖墳。可是現在官方即將公佈數據，情況好一點就是不會再有人來，最糟就怕石墓遭全數摧毀，甚至也不會和以前一樣拿來當建材。但如果宇宙的心智確實存在，如果阿納絲塔夏真能輕易利用，他們倆至少想點辦法吧。」

波克羅夫斯基走向站在石墓旁的友誼療養院員工，向她們公佈儀器上的數據。結果令人難以置信！我一開始相當意外，隨後內心卻充滿了喜悅。根據儀器的讀數，土地的背景輻射越靠近石墓……居然越低！

還有更不可思議的，一行人在路上經過幾個背景輻射較高的區域，照理說現在站在石墓旁的他們，衣服、鞋子都應該會沾到輻射，可是儀器卻偵測到背景輻射減少。這似乎是有什麼看不到的人說：「別害怕，我們是你們遙遠的祖先，沒有任何惡意。孩子，就把我們的智慧拿去吧！。」

我突然意識到……是阿納絲塔夏！這次肯定是她居中促成的。是她在石墓幾千公里以外的地方，建立橫跨數千年的無形連結，串起現代的人類和遠古的文明，讓人更往良善的意識邁進了一大步。儘管目前僅有少數人，但這都還只是開始。而且這確確實實發生了，因為在我面前的是真實的石墓、真實可見的婦女，以及她們帶來的花束。

科學文獻指出，圖阿普謝、索契、新羅西斯克的近郊都有石墓，英國、土耳其、北非和印度也發現過。這證明了遠古文明有著共同的文化，即使距離再遠也能互相溝通。只要越來越多人知道阿納絲塔夏所說的，他們肯定也會以不同的態度對待其他保存下來的石墓。

這點從格連吉克市民的反應就看得出來。發現石墓秘辛的那次，就是全球首度的石墓行程，是在格連吉克這個地方。那次是由擁有三十年導遊經驗的歷史學家瓦倫緹娜．捷連季耶夫娜．拉里奧諾娃帶隊。身兼地方議員的她形容自己是「最幸運、也最幸福的人」。

事情還不只這樣。還有一群格連吉克的歷史學家，在拉里奧諾娃的帶隊之下，開始比對已知的事實。他們訪問當地耆老、閱讀聖人傳記，最後證實阿納絲塔夏是對的，格連吉克附近的確有許多聖地。這些俄羅斯獨特的聖地，大部分都未曾在旅遊書裡提到，例如：黎巴嫩雪松、聖妮娜山、隱修院，還有具有療效的「聖手泉水」(只要有人在那把病治好，就會在樹上綁上一塊布)。

格連吉克地區最近在重建教堂——賽吉耶夫聖三一修道院的分院。在我見證這一切後，心想：「光是俄羅斯的一個小角落，就有這麼多的聖地，還有治病的泉水，俄羅斯人卻還是到遙遠的國度祭拜別人的神。在俄羅斯的其他地方，究竟還有多少個被人遺忘的聖地？又有誰能發現呢？」

我已經盡我所能。雖然這當然不夠，不過還是給了我一點希望，期望阿納絲塔夏能讓我看看兒子。我買了連身褲、玩具和嬰兒食品，動身前往西伯利亞泰加林，想要再看看阿納絲塔夏和兒子。

未完待續……

弗拉狄米爾．米格烈致各位讀者

目前網路上有許多網頁內容，主要在宣揚與《鳴響雪松》系列主角阿納絲塔夏類似的思想。其中不少網站冒用我的姓名「弗拉狄米爾．米格烈」（Vladimir Megre），聲稱自己是官方網站，並以我的名義回覆讀者來信。

就此我認為有必要告知各位敬愛的讀者，我決定自己設立國際官方網站 www.vmegre.com。這是唯一的官方窗口，負責接收來自世界各地、不同語言地區的讀者來信。只要您訂閱此網站內容，並註冊為會員，就能收到日後舉行讀者見面會的日期與地點，以及其他相關訊息。

我們網站將為各位敬愛的讀者統一發佈《鳴響雪松》在世界各地的最新消息。

弗拉狄米爾．米格烈敬上

《一即成全》，參考第168、184頁。

位於格連吉克附近的石墓，參考第33章。

鳴響雪松 *2*　Звенящие кедры России

俄羅斯的鳴響雪松

作者	弗拉狄米爾．米格烈（Vladimir Megre ©）
譯者	王文瑜、王上豪
協助譯者	許啟洽、劉盈汐、李裕泰
編輯	郭紋汎
封面設計	洪湘茹
書名字體設計	陳人瑋
校對	郭紋汎、何泰樺
排版	李秀菊
出版發行	拾光雪松出版有限公司
網址	www.CedarRay.com
書籍訂購請洽	office@cedarray.com
總經銷	紅螞蟻圖書有限公司
地址	台北市114內湖區舊宗路2段121巷19號
電話	02-27953656
初版一刷	2015年12月
初版五刷	2021年12月
定價	350元
原著書名	Звенящие кедры России 弗拉狄米爾．米格烈1997年於俄羅斯初版
網址	www.vmegre.com
郵政信箱	630121俄羅斯新西伯利亞郵政信箱44
電話	+7 (913) 383 0575 (WhatsApp, Viber)
電子郵件	ringingcedars@megre.ru
生態導覽與產品	www.megrellc.com

國家圖書館出版品預行編目資料

俄羅斯的鳴響雪松／弗拉狄米爾．米格烈（Vladimir Megre）著；
王文瑜、王上豪譯. -- 初版一刷 -- 高雄市：拾光雪松, 2015.12
280面；12.8×19公分. --（鳴響雪松；2）
ISBN 978-986-90847-1-0（平裝）

880.6　　104022863

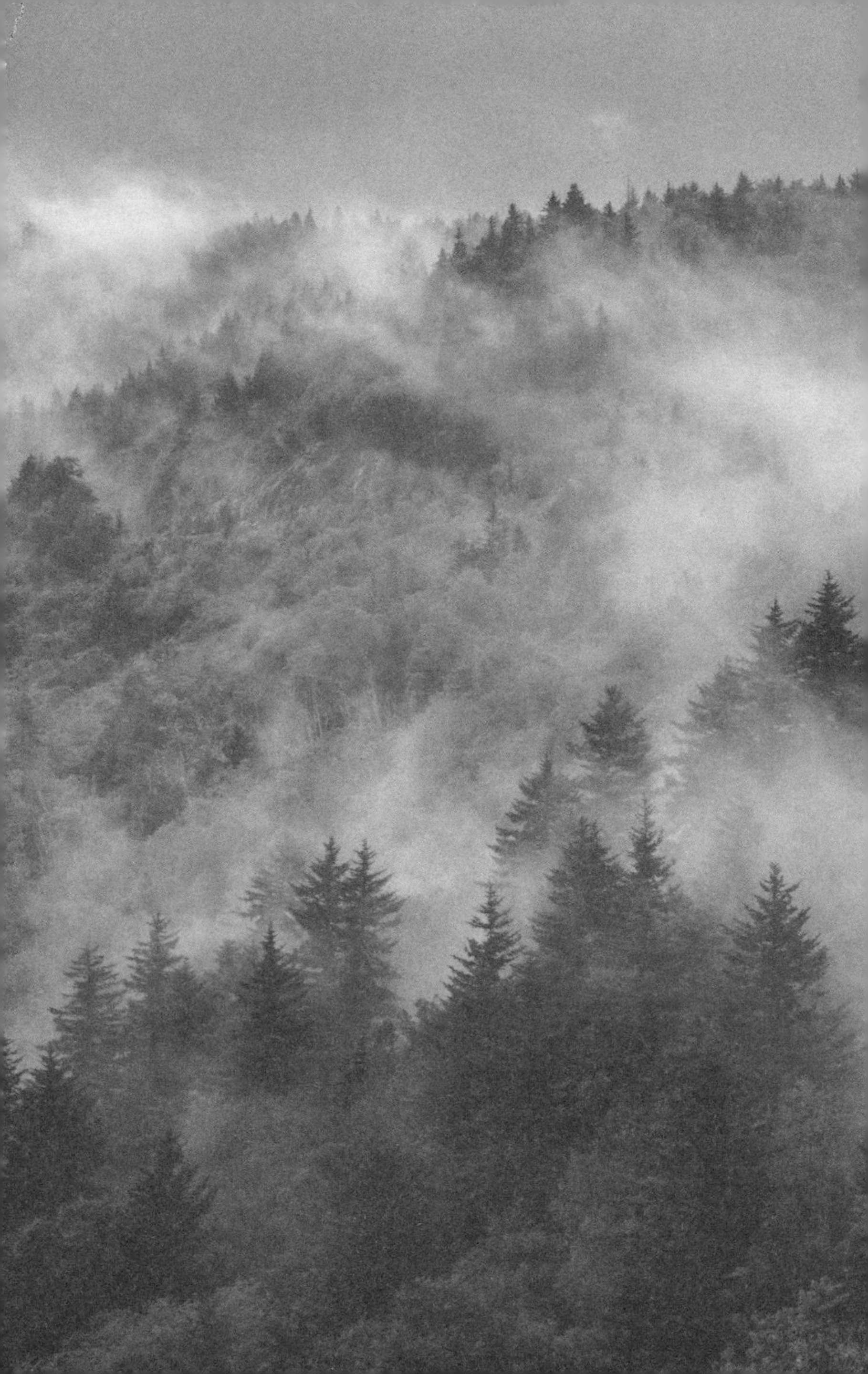